あかね淫法帖

独り楽しび

睦月影郎

コスミック・時代文庫

この作品はコスミック文庫のために書下ろされました。

目次

第一章　食い詰め浪人の内職

一

「じゃ、今日はこれだけお預かりしますので、またよろしくお願いします」

「はい、いつも有難うございます」

日本橋《にほんばし》で小猫屋《こねこや》という小間物を営む美津《みつ》に言われ、千之助《せんのすけ》はいくばくかの手当を貰《もら》って頭を下げた。これでまた米も味噌《みそ》も買えることだろう。

やがて荷を抱えた美津が帰っていくと、千之助は彼女の残り香に酔いしれた。

まだ独楽《こま》作りは残っているが、暫《しば》し美津の面影に陶然《とうぜん》となり、すぐ作業を再開する気持ちにはなれなかった。

ここは神田《かんだ》にある裏長屋。元禄《げんろく》十五年（一七〇二）正月、まだまだ独楽は売れる時期だから多く作っておきたいのだが、どうにも股間が熱くなって仕方がなかった。

美津は三十半ばの新造《しんぞう》で色白豊満、珠《たま》という娘が一人いて、婿入《むこい》りした亭主を尻に敷いて店を切り盛りしている。眉を剃《そ》り、艶《つや》のあるお歯黒で唇や舌の桃色が強調され実に艶《なま》めかしく、無垢《むく》な千之助は彼女に手ほどきされる妄想《もうそう》で夜毎に手すさびしていたのである。

小猫屋は独楽や凧《たこ》などの玩具《がんぐ》から、女物の手鏡や紅白粉《べにおしろい》を扱っている。

矢垣《やがき》千之助は二十歳《はたち》の浪人。こんな貧乏長屋に嫁に来る女はおらず、それ以前に女と出会う機会もなく、父の死後丸一年独り暮らしをしていた。

母は幼い頃に病死し、父は奥州《おうしゅう》某藩の藩士だったが取り潰《つぶ》しになって浪人。飢饉《ききん》のため国許では食い扶持《ぶち》もなく、父子で江戸へ出て僅《わず》かな内職で食いつないできた。

父も病弱だったため剣術など教えてもらったことは一度もなく、ただ手先が器用だったので独楽作りを始め、千之助も一緒に仕事していた。

仕事の合間には近所の子供たちを集めて手習いを教えていたが、みな貧しく、束脩《そくしゅう》代わりに野菜などを持ってきてくれた。中でも大工が木片を大量にくれるので、独楽作りの材料には事欠かなかった。

教えていた子供たちが成長して働きに出るようになったので、手習いは暫し休み、赤ん坊たちが大きくなるのを待つしかない。

それに今は六畳一間の寝床以外は独楽の材料や木屑《きくず》、鑿《のみ》や轆轤《ろくろ》に絵の具などが散乱し、とても子供たちを呼べるような状況ではなかった。

もちろん独楽の他にも、小さな地蔵やら亀などの根付、楊枝《ようじ》から耳掻《みみか》きまで何でも作った。

正月気分が終われば、やがて独楽の売り上げが落ち、また何か別のものを考えなくてはならないだろう。

独楽は、最初は拾ってきた団栗《どんぐり》を蒸《む》して柔らかくし、錐《きり》で穴を開け、楊枝を刺して指で回すものから始め、今は足で板を踏み、紐《ひも》をかけた横木を回転させて鑿を当てる轆轤が主な作業になっている。

独楽にはブチ独楽、投げ独楽、捻《ひね》り独楽など何種類かあるが、千之助が作るのは縄を使わず、あくまで指で捻って回すものが主流だ。

あるとき丸い団栗を回したとき、途中から逆立ちし、茸《きのこ》のように軸を下にして回り続けるものがあるのを発見し、その形を真似《まね》て木で作り、錯誤《さくご》しながら作り上げた逆立ち独楽は、それなりに評判になったものだ。

独楽は独りで楽しむと書く。

まさに千之助は、昼間は独楽を作り、夜は手すさびして楽しむ、というより自分を慰める日々を送っていたのである。

彼は溜息をつき、仕方なくまた独楽作りを開始し、手すさびは寝しなの楽しみに取っておくことにした。

本当は、仕官できれば一番良いのだが、剣術は出来ず、細工物以外何の取り柄もなく、すでに父の大小は売り、自分の大小も竹光《たけみつ》になってしまっている。

父も家名など頓着《とんちゃく》しなかったので、そろそろ自分も武士など捨てて髷《まげ》を切り、本格的に職人になろうかと考えていた。

すると、その時である。

「御免下さいまし」

女の声がし、千之助はビクリと顔を上げた。いつも顔を出す美津や、その娘の珠の声とは違う、凛《りん》と響くような美声だった。

「はい」

彼が応じると、戸が開いて一人の矢絣《やがすり》の若い女が入ってきた。千之助と同じく二十歳前後か、どうやら武家に仕える女らしかった。

「私は田代藩《たしろはん》に仕える茜《あかね》と申しますが、小猫屋から伺《うかが》って参りました。千之助様ですね？」

「はあ、皆は千さんと呼んでますが、とにかくどうぞ」

彼は答え、風呂敷包みを抱えて入ってきた茜に向き直った。

そして茜の美貌《びぼう》に戸惑いながら散らかったそこらの木片を横にどけると、彼女も悪びれず上がり込み、僅かに出来た隙間に端座した。

「小猫屋で、貴方《あなた》様の作った独楽や根付を拝見して細工に感服し、どうにもお頼みしたい仕事がございまして」

茜が言い、黒目がちの澄んだ眼差《まなざ》しでじっと彼を見つめた。

「ど、どのような……」

「はい、張り形です。このような」

茜が答え、包みを解くと、異様なものを取り出して見せたのだ。

それは男根を模《も》した生々しいものだった。全体に艶があり、先端には鈴口《すずぐち》の割れ目もあって変色していた。

「こ、これは……」

「ご覧の通り、男の道具です。男に恵まれぬ女が密かに使用するものですが」

「は、はあ……」

茜の健《すこ》やかな美貌と、手にした一物《いちもつ》の落差に、千之助は戸惑うばかりだった。

もちろん張り形は知っている。大奥女中や、後家などが挿入して自分を慰め、中には鼈甲《べっこう》や牛革などで作られた高価なものもあるという。

茜が手にしているのは木で出来ていた。

「それを作るのですか」

「はい、何本も要るのです」

「まさか、大奥とかからのご注文でしょうか……」

「いいえ、筑波《つくば》にある私の里で要るものです。そこは女たちの里で、淫法を学ぶため、一人に一本与えるのですが、老いた職人が死に、作り手がいなくなりましたもので」

「いんぽう……？」

茜が言い、千之助はさらに詳しい話を聞いた。

女ばかりの里は、どうやら素破《すっぱ》の末裔《まつえい》らしく、未だに隠れ里のような暮らしをしているらしい。忍法でなく、淫法というのは敵を籠絡《ろうらく》するため性戯を研ぎ澄ますもののようだ。

男の少ない里では、娘たちは張り形で挿入感覚を覚え、里を出るときは破瓜《はか》の血を吸った張り形を、絵馬堂《えまどう》ならぬ魔羅堂《まらどう》に納めて一人前になるという。

山奥へ行けば、まだまだそのような奇妙な里があるものだと千之助は思った。

それにしても素破の秘密を口にしたのだから、よほど見た目で信用されたか、あるいはどうせ言いふらす知人などいないと踏まれたのかも知れない。

少なくとも、ものが張り形だから、仕事のあとで殺されるようなことはないだろう。

それより千之助は、生々しい形の張り形を手にする茜に痛いほど股間を突っ張らせてしまった。

さらに茜は、直径一寸（約三センチ）、長さ六寸（約十八センチ）ばかりの丸木を五本取り出して並べた。

黄楊《つげ》の木らしい。確かに黄楊は滑《なめ》らかで木目《きめ》が細かく、入れ歯などの細工にも最適の材質である。

「一物の長さは五寸（約十五センチ）ばかり、余りは根元に握る取っ手を作って下さいませ。この手本のように」

茜が、手にした張り形を差し出して言う。千之助は恭《うやうや》しく受け取りながら、恐る恐る訊《き》いてみた。

「これは、茜様が……？」

「私は武家ではないので、茜と呼んで下さいませ。はい、私が使っていたものを里から届けさせました。まずは五本、どれぐらいで出来ますでしょう」

茜が言い、千之助は暫し木片の山を見回した。

「独楽の方も、明日明後日《あさって》には終わるので、そのあととなりますが」

「承知しました。では五日後に一度様子を見に参ります。これは手付けです」

茜は一両小判を一枚出して畳に置いた。

「そ、そんなに頂けません……」

「いいえ、残りは出来映えを見てお支払い致しますので」

茜は、張り形と五本の材料を置いて答えた。

これで茜が帰ったら、もう堪《たま》らずに手すさびしてしまうだろうと千之助は思ったが、何と彼女は帰らなかった。

「それから、千之助様の一物も拝見したいのですが」

「え……？」

彼は一瞬、何を言われたか分からなかった。

「この手本より、ご自身のものの方が真似しやすいかも知れません。念のため見ておきたいのです」

確かに、毎日握っているものだから、自分の一物の方が手本にしやすいだろう。

「では、どうか横に」

茜が立ち上がって言い、散らかっているそこらを巧みに進んで、奥にある万年床まで来てしまった。そして彼を布団に仰向けにさせたのだった。

二

（ああ……、どうしてこのようなことに……）

千之助は思い、夢の中にでもいるように心身がぼうっとなってきた。

茜は彼の裾《すそ》を開き、手早く下帯《したおび》を解き放ってしまった。元より硬く勃起していたので、たちまち彼自身はぶるんと真上を衝《つ》いた。

「まあ、やはりこのように……」

茜が熱い視線を注いで言う。

やはり淫法修行をしていただけあり、彼が勃起していることなどお見通しだったのだろう。もちろん彼が無垢であることも見抜いているに違いない。

千之助は一物を女に見られるなど、生まれて初めてのことである。

そして彼女は、見るだけではなくそっと手を伸ばしてきたのだ。

「あう、ろくに風呂に入っていませんので……」

「構いません」

声を震わせて言ったが、茜は静かに答え、とうとうやんわりと幹を手のひらに包み込んでしまった。

「アア……」

初めて人に触れられる快感と緊張に、彼は全身を強《こわ》ばらせた。

茜も、感触や硬さを確かめるようにニギニギと指を動かし、さらに張り詰めた亀頭まで指の腹で撫《な》でた。

快感に幹が震え、先端が濡れてくるのが自分でも分かった。

「傘が張って立派ですよ。私が持って来たものより、千之助様のものを象《かたど》って下さいませ」

茜が微妙な愛撫を続けながら言う。確かに、大きすぎず小さすぎず、生娘《きむすめ》の稽《けい》古《こ》にはちょうど良いかも知れない。

さらに彼女は、驚くべきことをしてきたのだ。

屈《かが》み込むなり舌を伸ばし、粘液の滲《にじ》む鈴口をチロチロと舐めはじめたのである。

「あう……。い、いけません……」

千之助は驚きに呻《うめ》き、それでも全身は金縛りに遭《あ》ったように動けなかった。

茜は丸く開いた口でスッポリと亀頭を含み、モグモグとたぐるように喉の奥まで呑み込んでいった。

「ああ……」

千之助は、ただ喘《あえ》いで身を震わせるだけだった。火鉢もなく薄寒い部屋の中、一物だけは温かく濡れた快適な口腔《こうこう》に包まれていた。

茜は幹を丸く締め付けて吸い、熱い息を股間に籠もらせながら舌をからめ、果ては顔全体を小刻みに上下させ、濡れた口でスポスポと強烈な摩擦を繰り返してくれたのである。

もう限界であった。口でしてもらえるなど、春本《しゅんぽん》の中か大金持ちの隠居ぐらいと思っていたのに、まさか初めて会い、初めて触れた美女が口でしてくれるなど夢にも思っていなかったのだ。

「い、いく……。アアッ……！」

快感に喘ぎ、彼はズンズンと股間を突き上げながら激しく昇り詰め、熱い精汁をドクンドクンと勢いよくほとばしらせてしまった。

武家でないにしろ、田代藩に仕えるという娘の口を汚《けが》すことに、禁断の快感が加わった。

「ンン……」

茜は喉の奥に噴出を受け、小さく呻きながらも摩擦と吸引、滑らかな舌の蠢《うごめ》きは続行してくれた。

千之助は、手すさびで放つより何千倍もの快感を心ゆくまで嚙み締め、身悶《みもだ》えながら最後の一滴まで出し尽くしてしまった。

魂《たましい》まで抜かれたように、やがて彼が硬直を解いてグッタリと身を投げ出すと、茜も動きを止め、亀頭を含んだまま口に溜まった精汁をゴクリと飲み込んでくれたのである。

「あう……」

千之助は驚きに呻き、喉が鳴ると同時にキュッと締まった口腔の刺激に、駄目押しの快感を得た。

まさか飲み込んでくれるなど考えもしていなかったので、彼は悦《よろこ》びに溶けてしまいそうな心地になった。

ようやく茜はスポンと口を離し、なおも幹を指でしごきながら、鈴口に膨《ふく》らむ余りの雫《しずく》までチロチロと丁寧に舐め取ってくれたのだった。

「く……、も、もういいです。有難う……」

千之助はヒクヒクと過敏に幹を震わせながら、降参するように腰をよじって言った。

茜も全て綺麗にすると舌を引っ込め、顔を上げてチロリと舌なめずりした。

「さすがに、すごく多くて濃いです」

激しすぎる快感の余韻の中で彼女の声が聞こえ、しばらく彼は荒い息遣《いきづか》いと動《どう》悸《き》を繰り返すばかりだった。

「では、私はこれにて」

「お、お待ちを、後生《ごしょう》ですから……」

腰を浮かせかけた茜に、彼は縋《すが》り付きながら言った。

「何か」

「作る張り形がどのような穴に入るのか、どうか後学のため見せて下さいませ」

勢い込んで言うと、茜がふっと笑みを洩らした。

「そうですね。私ばかり見せてもらうのも良くないですね」

茜が言い、立ち上がって裾をからげ始めたので、まだ呼吸も整っていないのに千之助は身を起こし、彼女のために布団を空けた。

やがて茜もためらいなく着物と襦袢《ジュバン》の裾をめくり、下半身を丸出しにして仰向けになってくれた。

そして股を開いてくれたので、千之助は腹這いになり、白くムッチリした内腿に頬ずりしながら、神秘の部分に顔を迫らせていった。

股間には熱気と湿り気が籠もり、丘には楚々《そそ》とした恥毛が煙っていた。

割れ目からはみ出した花びらが僅かに開き、うっすらと蜜も溢《あふ》れてきているではないか。

「ふ、触れます……」

彼は股間から言い、そっと指を当てて陰唇を左右に広げた。

中身が丸見えになると、

（ああ、これが女の陰戸《ほと》……）

千之助は感動と興奮に目を凝《こ》らした。

それは春本に描かれた醜悪なものではなく、薄桃色をして実に美しいものであった。

あの張り形を入れて稽古したという膣口は花弁状に襞が入り組んで息づき、ポツンとした尿口の小穴もはっきり確認できた。

そして包皮の下からは、光沢あるオサネが顔を覗《のぞ》かせている。

全ては春本の通りなのだが、生身は実に艶めかしく綺麗だった。

もう堪らず、彼は吸い寄せられるように鼻と口を押しつけていった。

茜は驚きもせず、ただじっとされるままになっている。

千之助は柔らかな若草に鼻を擦《こす》りつけ、隅々に籠もって蒸れた汗とゆばりの匂いを貪《むさぼ》った。

（ああ、なんてかぐわしい。これが陰戸の匂いか……）

彼は悩ましく鼻腔を刺激されながら胸を満たし、割れ目に舌を挿《さ》し入れていった。膣口の襞をクチュクチュ搔き回すと、ヌメリは淡い酸味を含んで舌の動きを滑らかにさせた。

ゆっくりオサネまで舐め上げていくと、

「アア……」

茜が小さく喘ぎ、内腿でキュッと彼の両頰を挟み付けてきた。

やはり春本で見た通り、この小さなオサネが最も感じるようだ。

そしてチロチロとオサネを舐めているうち、熱い潤《うるお》いが増してきた。

千之助は味と匂いを堪能し、ヌメリをすすってから、茜の両脚を浮かせて尻に迫った。

谷間の奥には、綺麗な薄桃色の蕾《つぼみ》がひっそり閉じられ、ここも実に美しいものだと思った。

そこにも鼻を埋《うず》め込んで嗅《か》ぐと、顔中に弾力ある双丘が密着し、蒸れて秘めやかな匂いが鼻腔を悩ましくくすぐってきた。

彼は貪るように嗅いでから舌を這わせ、細かに収縮する襞を濡らし、ヌルッと潜り込ませて滑らかな粘膜を味わった。

「あう……」

茜が呻き、キュッときつく肛門で舌先を締め付けてきた。

千之助は充分に舌を蠢かせ、やがて美女の前も後ろも堪能した。

もちろん味わっているうちに、彼自身はすっかり回復し、ピンピンに元の硬さと大きさを取り戻していた。

「どうぞ、入れて下さい」

「よ、良いのですか……」

茜に言われ、千之助は歓喜に声を震わせて顔を上げた。

そして身を起こして股間を進め、急角度にそそり立つ幹に指を添えて下向きにさせると、先端を割れ目に擦りつけて潤いを与えた。

入り口に少々戸惑っていると、茜が僅かに腰を浮かせてくれた。

三

「もう少し下。そう、そこです……」

茜が囁《ささや》き、千之助がグイッと股間を押しつけると、張り詰めた亀頭がズブリと潜り込んだ。

「アア、奥まで……」

茜が目を閉じて喘ぎ、彼もそのままヌルヌルッと滑らかに根元まで嵌《は》め込んでいった。

何という心地よさであろう。もしさっき口に出していなかったら、挿入の摩擦だけで、あっという間に果てていたことだろう。

彼は股間を密着させ、締め付けと温もり、熱い潤いを感じながら脚を伸ばし、身を重ねていった。

乳を吸いたいが、きっちり締められた帯を解くのは難儀だし、すでに彼は二度目の絶頂を迫らせていた。また五日後に来てくれるというので、そのときに再びゆっくりさせてもらえるかも知れない。

動かなくても、膣内は息づくような収縮が繰り返され、締め付けられるたび彼自身も答えるように内部でヒクヒクと幹を上下させた。

陰唇を左右に広げたのだから、内部も左右に締まるかと思ったが膣内は上下に締まり、一物が奥へ奥へと吸い込まれるようだ。こればかりは妄想と違い、実際してみなければ分からない感覚だった。

一つになっているのだから、口吸いをしても構わないだろうと、千之助は顔を寄せ、上からそっと唇を重ねていった。

柔らかな感触と唾液の湿り気が伝わり、そろそろと舌を挿し入れて滑らかな歯並びを左右にたどると、茜も歯を開いて舌を触れ合わせ、チロチロと蠢かせてくれた。

（何と、柔らかい……）

千之助は興奮と感動に包まれ、茜の熱い鼻息で鼻腔を湿らせながら、執拗《しつよう》に彼女の舌を探った。

茜も下から両手でしがみつき、徐々にズンズンと股間を突き上げはじめたので、千之助もぎこちなく腰を突き動かしはじめた。

すると次第に互いの動きが滑らかに一致し、クチュクチュと淫らに湿った摩擦音が聞こえてきたのである。

「アア……、いい気持ち……」

茜が口を離し、顔を仰《の》け反《ぞ》らせて喘いだ。

開いた口から洩れる熱い息はほとんど無臭だが、鼻を押しつけて念入りに嗅ぐと、ほんのり甘酸っぱい芳香が感じられた。それはまるで、彼女の遠い里に実る果実のような匂いだ。

千之助は美女の息を嗅ぎながら絶頂を迫らせ、いつしか股間をぶつけるように激しく動いていた。

「い、いく……。気持ちいい……！」

たちまち彼は口走り、二度目の絶頂快感に全身を包み込まれた。そしてありったけの熱い精汁をドクンドクンと勢いよくほとばしらせると、

「いい……。アアーッ……！」

奥深くに噴出を感じた茜も声を上ずらせ、ガクガクと狂おしい痙攣《けいれん》を開始したのである。どうやら初めてで未熟な千之助を相手に、しっかりと気を遣《や》ったようだった。

膣内の収縮と潤いも最高潮になり、彼は筆下ろしの快感を噛み締めながら、心置きなく最後の一滴まで出し尽くしてしまった。

すっかり満足しながら徐々に動きを弱め、力を抜いていくと、

「ああ……、良かった。お上手《じょうず》ですよ……」

茜も強ばりを解いて囁き、グッタリと身を投げ出していった。

やがて完全に動きを止めると彼は茜に身を預け、まだ息づく膣内の収縮に刺激され、ヒクヒクと過敏に幹を震わせた。

美女の口と陰戸に放出し、今こそ本当に大人になった気分で、千之助は茜のかぐわしい吐息を嗅ぎながら、うっとりと余韻を味わったのだった。

いつまでも乗っているのは悪いので、やがて呼吸を整えると彼はそろそろと股間を引き離し、ゴロリと横になった。

すると茜は、いつの間に懐紙《かいし》を用意していたのか、すぐにも陰戸に当てて拭《ぬぐ》い

ながら身を起こしてきた。

「では、また参りますのでよろしく」

手早く身繕《みづくろ》いすると彼女は言い、やがて静かに出ていったが、千之助は横になって見送りながら、いつまでも起き上がれないでいた。

四

（この張り形が、茜さんの初物を奪ったのか……）

千之助は、行燈《あんどん》の灯にかざし、預かった張り形をつぶさに観察して思った。

あれから彼はようやく身を起こしたものの、気が抜けて仕事にかかれず、数日ぶりに湯屋へ行って垢《あか》を落とし、夕餉《ゆうげ》は野菜雑炊《ぞうすい》に、久々に金が入ったので魚を焼いて付けた。

あとは寝るだけだが、やはり昼間茜を相手に二回射精したとは言え、いつものことで寝巻になると激しく勃起してしまった。

茜が少女時代に里で使用していた張り形は、やはり生娘用なのでそれほど大きくはなく、千之助自身の勃起時とさして変わりなかった。

握り部分は手垢に変色し、よく見ると『あかね』と字が彫られていた。

幹は滑らかで、亀頭と鈴口も実物のように作られ、先端は茜の血によるものか黒ずんでいた。

しかし、使っていたのは何年も前だろうから、嗅いでも特に匂いは感じられなかった。

それでも千之助は、勃起した一物をしごきながら、一物の先端を舐めてしまった。何やら男に尺八《しゃくはち》するような気分だが、自分の先端に口が届いたらどんなに気持ち良いかと思っていたので抵抗はなかった。

そして茜の口と陰戸に放出した感触、彼女の匂いを思い出しながら、あっという間に昇り詰めてしまったのだった。

その夜はぐっすり眠り、翌朝から彼は再び急ぎの独楽作りに専念した。

ややもすれば茜の肢体が頭に浮かんだが、慣れた手作業なので動きが止まることなく独楽作りを進めることが出来た。

丸二日半、独楽を作り続けて昼に一段落すると、千之助は井戸端で下帯や襦袢を洗濯して干し、遅い昼餉を済ませて湯屋へ行った。

長屋へ戻ると、仕上がった独楽を風呂敷に包み、いよいよ張り形を前にし、材料の丸木を並べた。これは男根を作るので、コケシのようなわけにはいかず、轆轤は使わずに全て手彫りにする。

自分の一物を象ってくれと言われたので、茜が持ってきた見本よりも、やや傘を張らせ、亀頭も自分のを見て作ることにした。それには、やはり勃起させないとならないだろう。

彼は下帯をずらして一物を出し、指でしごきはじめた。

すると、そこへ美津が入ってきたのである。

「ああ、どうも。お届けしないといけないのに、わざわざ済みません。独楽が出来ていますので」

千之助は慌てて一物をしまって言い、用意しておいた包みを差し出した。

「お疲れ様でした。これで独楽はしばらく間に合うので、また何か頼みに参ります。まあ、これは……？」

美津が、目ざとく作業中の張り形を見て目を丸くした。

「あ……。こ、これはさる筋からの頼みでして……」

隠す暇もなく、彼はしどろもどろに答えた。

「これは男のもの……」

「え、ええ、田舎の方で、何やら奉納《ほうのう》に使うらしいのです……」

やはり田代藩や茜の里のことは言わない方が良いだろうから、千之助は出任《でまか》せを言ったが、美津はすぐ頷《うなず》いた。

「聞いたことがあります。金精《コンセイ》様と言って、五穀豊穣《ごこくほうじょう》や子孫繁栄を願うご神体にするとか……」

「そ、そうなのです」

千之助はほっとして答えたが、美津が茜の使った張り形に手を伸ばそうとしたので、

「あ、それは古いものなので……」

「まあ、誰かが使ったもののようですね……」

彼が言うと、美津も答えて手を引っ込めた。しかし彼女の視線は、いつまでも熱く張り形に注がれていた。

「その手本を真似て作るのですか」

「いえ、やはり自分のものの方が馴染《なじ》んでいるので……」

「そう、何だか入れてみたいわ……」

美津の声が、いつか囁くようなものに変化し、視線も今は千之助に向けられて

いた。

「ま、まだ出来ていませんので……」

妙な空気に包まれ、千之助は股間が熱くなってきてしまった。まして、勃起させようとしていた矢先なのである。

「ううん、張り形でなく、千さんのものを……。作るからには、どんなものか女の私からも見ておいた方が良いのではないかしら」

美津は言うなり、戸を閉めて内側から心張り棒を嚙ませると、草履《ぞうり》を脱いで上がり込んできたのだ。

「う、うわ、お美津さん……」

千之助は驚きながらも、今こそ念願の手ほどきをしてくれる時がきたのではないかと思った。すでに筆下ろしはしているが、何しろ長年憧《あこが》れてきた艶めかしく熟れた新造である。

「さあ、脱いで見せて」

「お、お願いがあります。私も、女がどのようなものか見てみたいのですが」

美津に言われ、千之助も激しく勃起しながら懇願《こんがん》した。

先日も茜とした時、誰も来るものはいなかったし、ここは長屋の外れで、おまけに隣は空いている。それに外では大工がトンカンしているので少々の声は外に洩れないだろう。

茜は股間しか見ていなかったので、やはり千之助は女の全裸というのを一度見てみたかったのである。

「私も脱ぐの？」

「ええ、どうか全部、お願いします」

彼が言うと、美津は布団に乗ってきて、意を決したように帯を解きはじめてくれた。シュルシュルと衣擦《きぬず》れの音がし、帯を落とすと紐を解き、着物を脱いでいくとみるみる白い熟れ肌が露《あら》わになってきた。

千之助も仕事用の座布団《ざぶとん》から布団に移動して帯を解き、着流しを脱ぐと、足袋《たび》と下帯も取り去ってしまった。

美津も布団に座り、足袋を脱ぐと腰巻まで全て外し、とうとう一糸《いっし》まとわぬ姿になると、

「アア……」

羞恥と興奮に感極まったように喘ぎ、仰向けになっていった。

どうやら一物の観察より、まずは無垢な男に身を任せたいらしい。

部屋の中には、たちまち生ぬるく甘ったるい匂いが立ち籠めた。

千之助も全裸になると、身を投げ出す熟れ肌を見下ろし、何とも白く豊かな乳房に吸い寄せられていった。

チュッと乳首に吸い付き、舌で転がしながら顔中を膨らみに押しつけて感触を味わうと、

「ああ……、いい気持ち……」

美津がビクリと反応し、さらに濃く甘い匂いを揺らめかせながら喘いだ。

どうやら頼りない婿とはあまりしていないらしく、すっかり欲求が溜まっているのだろう。そして千之助が望んでいたように、美津もまた彼に手を出したかったのではないか。

（湯屋に行っておいて良かった……）

彼は思いながら、左右の乳首を交互に含んで舐め回し、充分に豊かな乳房を味わった。

そして匂いの元を求めるように、彼女の腕を差し上げて腋《わき》の下に鼻を埋め込んだ。色っぽい腋毛に鼻を擦りつけて嗅ぐと、何とも甘ったるく生ぬるい汗の匂いが鼻腔を満たしてきた。

うっとり酔いしれると、舌で熟れ肌をたどって臍《へそ》を舐め、下腹に顔を押しつけて弾力を味わった。しかしせっかく全裸で身を投げ出してくれているのだから、すぐ股間に向かわず、彼は豊満な腰から脚を舐め下りていった。

丸い膝小僧を通過すると、脛《すね》にはまばらな体毛があり、これも実に艶めかしい眺めと舌触りだった。

足首まで行くと彼は足裏に回り込み、踵《かかと》から土踏まずを舐め、形良く揃った足指に鼻を押しつけて嗅いだ。指の股は汗と脂《あぶら》に湿り、蒸れた匂いが濃く沁み付いて鼻腔が刺激された。

（ああ、女の足の匂い……）

千之助は感激と興奮に包まれながら思い、充分に胸を満たすと爪先にしゃぶり付き、順々に指の股に舌を割り込ませて味わった。

「あう、何をするの。お武家がそんなことを……」

美津がビクリと足を震わせ、驚いたように言ったが、

「とうに武士などとは思っていませんので」

彼は答え、両足とも全ての指の股の味と匂いを貪り尽くした。

「ああ……、汚いのに……。でもくすぐったくて変な気持ち……」

美津が声を震わせて言い、やがて千之助は彼女を大股開きにさせ、脚の内側を舐め上げていった。

ムッチリと量感ある内腿をたどり、陰戸に迫って見ると、すでに割れ目は大量の淫水にまみれていた。

ふっくらした丘には黒々と艶のある茂みが密集し、はみ出した陰唇は濡れて息づいている。顔を寄せ、そっと指を当てて陰唇を広げると、十八歳になる珠がかつて生まれてきた膣口が、乳汁《ちしる》のように白っぽい粘液を滲ませて妖《あや》しく収縮していた。

やはり二十歳ばかりの茜の陰戸とは趣《おもむき》が異なり、貪欲《どんよく》に男を吸い込みそうな迫力が感じられた。

堪らずに顔を埋め込み、柔らかな茂みに鼻を擦りつけて嗅ぐと、茜よりずっと濃厚な汗とゆばりの蒸れた匂いが、悩ましく鼻腔を刺激してきた。

嗅ぎながら舌を這わせると、淡い酸味の蜜汁が溢れ、彼は味わいながら小豆《あずき》大のオサネまで舐め上げていった。

「アア、そこも舐めてくれるの……？　何ていい気持ち……」

美津が顔を仰け反らせて喘ぎ、内腿でキュッときつく彼の顔を挟み付けた。

千之助は熟れた匂いに噎《む》せ返りながら執拗にオサネを吸い、新たに溢れる淫水をすすった。

さらに彼女の両脚を浮かせて白く豊満な尻に迫ると、谷間には薄桃色の蕾が、枇杷《びわ》の先のように僅かに突き出て実に艶めかしい形で閉じられていた。

双丘に顔中を密着させ、蕾に鼻を埋めて嗅ぐと、生々しく蒸れた匂いが鼻腔を掻き回してきた。

もちろん美女の匂いだから少しも嫌ではなく、千之助が舌を這わせてヌルッと潜り込ませると、滑らかな粘膜は淡く甘苦い味がした。

「あう、嘘……。こんなの初めて……」

また美津が驚いたように呻き、キュッと肛門で舌先を締め付けてきた。

彼は欲望のまま行動しているが、あるいは世間の男は、足指や尻の穴を舐めないものなのだろうか。

千之助が舌を出し入れさせるように蠢かすと、鼻先にある陰戸から、さらに大量の白っぽい淫水がトロトロと漏れてきた。

ようやく脚を下ろし、再び割れ目に戻るとヌメリをすすり、彼はオサネに吸い付いた。そして指を膣口に挿し入れて内壁を小刻みに擦り、執拗にオサネを舐め

ていると、

「い、いっちゃう……、駄目……。アアーッ……！」

たちまち美津がガクガクと狂おしく腰を跳ね上げて喘ぎ、とうとう気を遣ってしまったようだった。

子持ちで大人の女でも、丁寧に愛撫して最も感じるオサネを刺激すれば、ちゃんと絶頂に達するのだろう。千之助は美津をいかせたことが誇らしく、彼女がグッタリするまで舐め続けていたのだった。

五

「死ぬかと思ったわ……。溶けてしまいそうに気持ち良かった……」

ようやく千之助が股間を離れて添い寝すると、美津が荒い息遣いを繰り返して言った。

彼が美津の手を握って一物に引き寄せると、彼女も最初の目的を思い出したように手のひらに包み込み、ニギニギしながら身を起こしていった。

千之助が仰向けで大股開きになると、彼女も股間に陣取り、いったん一物から手を離した。

そして彼の両足首を摑《つか》んで持ち上げると、美津は自分の豊かな乳房に両の足裏を押しつけて擦りつけた。

「ああ、気持ちいい……」

千之助は、美女の乳房を踏みつけているような感触に喘いだ。足裏全体が柔らかな膨らみに密着し、たまにコリコリする乳首も感じられる。

美津も心地よさそうにしていたが、やがて彼の足を離すと、そのまま持ち上げて尻の谷間に顔を寄せてきた。

「湯上がりの匂いがするわ……」

「ええ、洗ったばかりで綺麗ですので」

彼が答えると、美津は舌を伸ばし、チロチロと肛門を舐め回してくれた。よほど、自分がされたのが心地よかったのだろう。

しかも舌先がヌルッと潜り込むと、

「あう……、いい……」

千之助は妖しい快感に喘ぎ、キュッと肛門で美女の舌を締め付けた。

美津も厭《いと》わず、熱い鼻息で陰嚢《いんのう》をくすぐりながら、中で舌を蠢かせると、まるで内側から刺激されるように幹が上下し、鈴口から粘液が滲んできた。

ようやく舌が引き離れると脚が下ろされ、美津は鼻先にあるふぐりにしゃぶり付いてきた。

「く……」

ここも妖しい快感があり、彼は呻いた。

美津は息で肉棒の裏を刺激しながら二つの睾丸《こうがん》を舌で転がし、袋全体を生温かな唾液にまみれさせてくれた。

そして顔を進めると、あらためてまじまじと一物に熱い視線を注いだ。

「見本の張り形より形良いわ。ツヤツヤして綺麗な色……」

美津は言いながら幹や亀頭に触れ、やがて肉棒の裏側をゆっくりと舐め上げてきた。

滑らかな舌が先端まで来ると、彼女は粘液の滲む鈴口をチロチロと探り、張り詰めた亀頭をしゃぶると、そのままスッポリ喉の奥まで呑み込んでいった。

「ああ……」

千之助は熱く喘ぎ、美女の口の中でヒクヒクと幹を震わせた。

美津は上気した頬をすぼめて吸い付き、股間に息を籠もらせながら、口の中ではクチュクチュと舌をからめてきた。

彼が快感に任せ、ズンズンと股間を突き上げると、

「ンン……」

喉の奥を突かれた美津が呻き、たっぷりと唾液を出しながら、スポスポと濡れた口で摩擦してくれた。

「ああ、いきそう……」

急激に絶頂が迫り、彼が口走ると美津もすぐにスポンと口を引き離した。

「入れたいわ」

「どうか、跨《また》いで上から入れて下さい……」

「そう、私も上が好きなの」

美津は答えると身を起こし、前進してきた。

これが武家の夫婦なら本手《ほんて》（正常位）一辺倒なのだろうが、町人だし、まして尻に敷いている婿養子が相手なら常に茶臼《ちゃうす》（女上位）なのだろう。

しかも上の方が自在に動け、中の感じる部分を好きなだけ強く刺激できるのかも知れない。

千之助も、未熟な自分が上でぎこちなく勝手に動くより、うんと年上の新造に

身を任せる方が良かった。

その点、茜はさすがに淫法を修行してきただけあり、どんな体位でどんな相手でも充分に感じ、相手も感じさせられるのではないか。

美津は幹に指を添え、先端に濡れた陰戸を押し当ててきた。

やがて位置を定めると彼女は息を詰め、ゆっくり腰を沈めて彼自身を膣口に受け入れていった。

たちまち肉棒は、ヌルヌルッと滑らかな肉襞の摩擦を受け、温かく快適な膣内に根元まで吸い込まれた。

「アア、いい……」

美津が顔を仰け反らせて喘ぎ、ぺたりと座り込んで股間を密着させた。そして若い一物を味わうように、キュッキュッときつく締め上げた。

千之助も温もりと感触を味わい、股間に重みを受けながら快感を味わった。

美津は何度か、密着した股間をグリグリと擦りつけてから、ゆっくり身を重ねてきた。

彼も下から両手を回してしがみつくと、

「膝を立てて。動いて抜けるといけないから」

美津が囁いたので、千之助は両膝を立てて豊満な尻を支えた。

そして彼は美津の顔を引き寄せ、唇を重ねていった。

すると、すぐにも彼女の長い舌が潜り込み、口の中を隅々まで舐め回してきたのである。

「ンン……」

美津は熱く呻き、息で彼の鼻腔を湿らせながら舌をからめ、下向きのため生温かな唾液を垂らしてきた。千之助も、生温かくトロリとした美女の舌を味わい、うっとりと喉を潤した。

そして彼女が徐々に腰を動かしはじめたので、千之助もズンズンと合わせて股間を突き上げた。

「アア……、いい気持ちよ。奥まで響くわ……」

美津が口を離し、淫らに唾液の糸を引きながら喘いだ。

艶めかしいお歯黒の歯並びの間から漏れる熱く湿り気ある吐息は、花粉のように甘い刺激を含み、さらに鉄漿《かね》の金臭い成分も混じらせながら悩ましく鼻腔を掻き回してきた。

千之助は美女の息を嗅ぎながら、締め付けと摩擦の中で高まっていった。

「い、いきそう……」

「もう少し我慢して……」

彼が弱音を吐くと、美津は大波を待つように息を詰めて答えた。

やはり彼女の腰の動きは、内部の最も感じる部分を重点的に先端で突かせているようだ。

千之助は内壁で亀頭が擦られ、どうにも我慢できなくなってきた。

粗相《そそう》したかと思うほど大量に溢れた淫水が互いの股間をビショビショにさせ、ふぐりの脇を伝い流れながら彼の肛門まで生温かく濡らしてきた。

互いの動きに合わせ、ピチャクチャと湿った摩擦音が響き、膣内の収縮が活発になってきた。

「あう、いく……、いい気持ちよ。アアーッ……！」

たちまち美津が声を上ずらせ、ガクガクと狂おしい絶頂の痙攣を開始した。

どうやら気を遣らせることが出来たようで、千之助も膣内の収縮に巻き込まれるように、続いて昇り詰めてしまった。

「く……！」

突き上がる大きな絶頂の快感に短く呻き、千之助は熱い大量の精汁をドクンドクンと勢いよくほとばしらせた。

「か、感じる。もっと出して……」

噴出を受けた美津が駄目押しの快感を得たように口走り、きつく彼自身を締め上げた。

彼も心ゆくまで快感を嚙み締め、最後の一滴まで出し尽くしていった。

やがて満足しながら突き上げを止めると、

「ああ、こんなに感じるなんて……」

美津も熟れ肌の硬直を解きながら言い、力を抜いてグッタリともたれかかってきた。

互いの動きが完全に止まっても、まだ膣内は名残惜《なごりお》しげな収縮が繰り返され、刺激されるたびに射精直後で過敏になっている一物がヒクヒクと内部で跳ね上がった。

「あう、まだ動いてるわ……」

美津も敏感になっているように呻き、幹の震えを抑えるようにキュッときつく締め付けた。

千之助は重みと温もりの中、かぐわしい吐息を嗅ぎながら、うっとりと余韻を味わった。

「とうとうしちゃったわ、千さんと……。前から、どうにも我慢できなかったのよ……」

美津が荒い息で囁く。

「そ、それなら早く言ってくれればいいのに。私もお美津さんを思って何度も自分でしていたのだから」

「まあ、そうだったの……。真面目で大人しい人だから、そんなこと無理だと思っていたのに……」

彼女が言う。たまたま今日は張り形があったので、実に良い切っ掛けになったのだろう。

「でも、こんなふうになってから言うのも変だけど、私は千さんが珠の入り婿になってくれれば良いと思っているの。本当にお武家を辞められるのなら」

美津の言葉に、千之助は驚いて身じろいだ。

それは彼自身も思ったことであり、もしそれが叶《かな》えば、あの可憐《かれん》な町娘の珠が自由に出来るのだ。しかも、母娘《おやこ》の両方と。

「ぶ、武士など辞めているのと同じですので。でも、お珠ちゃんが私などで良いと言うかどうか……」

「好いてますよ。珠は千さんのことを」

「え……」

千之助は絶句し、また中で肉棒が回復しそうになってきてしまった。

「まあ、その話はあらためてしましょう。今はこんな最中だから」

美津は気持ちを切り替えるように言い、ようやく呼吸を整えると、そろそろと身を起こしていった。

そして着物から懐紙を取り出し、股間を引き離して陰戸を拭いながら、彼女は何と彼の股間に屈み込んで、淫水と精汁にまみれた亀頭をしゃぶってくれたのである。

「あう……」

千之助は唐突な刺激に呻き、思わずビクリと硬直した。

美津は厭わず念入りに舌をからめ、ヌメリを吸い取ってくれたのだ。

「ど、どうか、もう……」

彼が腰をよじって降参すると、ようやく美津も口を離して顔を上げた。

「まあ、また勃《た》ちそうね。でも今日は無理なので、また今度」

美津が淫らに舌なめずりして言う。

確かに肉棒は回復を始めていたが、もう日が傾いていた。

「じゃ張り形、頑張って下さいな」

やがて彼女は手早く身繕いをして言い、前と同じ分の手間賃を置くと、仕上がった独楽の包みを抱えて長屋を出ていった。

また千之助は、力が抜けて横になったまま彼女を見送るだけであった。

第二章　熟れ肌に魅《み》せられて

一

「私は、前に訪ねてきた茜の母親で、朱里《しゆり》と申します」

入って来た女が千之助に言った。朱里は四十前か、美津よりもさらに熟れ具合の良い美形だった。

「あ、これはどうも。出来ておりますので」

彼は居住まいを正して答えた。

前に茜が来てから五日経ち、その間に千之助は五本の張り形を全て仕上げていたのだ。

自分の勃起時の形を取り、亀頭の滑《なめ》らかさや鈴口《すずぐち》の切れ込み、張り出した傘まで克明に彫って、棘《とげ》など刺さらぬよう念入りに磨いたのである。

自分でも、日頃手すさびで握っている自分のものに酷似《こくじ》し、五本とも良い出来だと思っていた。

今日は昼前に全て仕上げ、昼餉《ひるげ》を済ませて湯屋から戻ったところだった。

五本の張り形を見ると、

「まあ、良い出来です。ではこれは追加の分ですので」

朱里は満足げに言い、新たに五本の丸木と一両小判を差し出した。

「有難うございます」

千之助は答えながら、この朱里は自分が娘の茜と肌を重ねたことを知っているのだろうかと緊張した。まあ、母親も素破《すっぱ》の里の出だろうし、朱里も張り形を受け取っているのだから、恐らく淫法の手練《てだ》れとして、何もかも承知しているのかも知れない。

やがて朱里は仕上がったばかりの五本の張り形と、茜が使っていた見本の分を全て包んだ。

「ご同行して頂けましょうか。まずはお疲れ様ということで、粗餐《そさん》など差し上げたいのですが」

「はあ、構いませんが」

言われて、千之助は答えた。夕餉を何にしようか考えていたところだし、しばらくは暇である。

それに、里の秘密を知ったからといって殺されるようなこともないだろう。

千之助は脇差を帯び、草履《ぞうり》を履《は》いて長屋を出ると大刀を差した。湯屋へ行くのと違って招かれたのだから、こればかりは武家の習慣である。

恐らく朱里は一瞬で、彼の大小が竹光《たけみつ》であることなど見抜いただろう。やはり軽い大小を帯びれば、体幹の移動や歩き方で分かってしまうものだ。

しかし朱里は気にするふうもなく、一緒に裏路地を歩いた。

確か田代藩邸も神田にあると聞いているが、自分のような浪人者が上屋敷に招かれるとも思えない。

一万石の田代藩で、朱里の地位がどの程度のものか知らないが、まず下屋敷の離れか、あるいは馴染《なじ》みの料理屋などであろう。

そう思って従っていたが、途中で、尾羽《おは》打ち枯らし暗い目をした中年の浪人者とすれ違った。どこかで見た顔ではないかと思ったが、彼はジロリと千之助と朱里を睨《にら》んだだけですれ違っていった。

やがて朱里は、途中にある一軒の仕舞《しも》た屋《や》へと彼を案内した。

「ここは?」

「私と茜の隠れ家です」

「隠れ家……」

要領を得ぬまま招き入れられると、中は二間に厨《くりや》と厠《かわや》があり、裏には井戸もあるようで、正に誰か大店《おおだな》の隠居所といった風情《ふぜい》だった。

あとで聞くと、町に盗賊など出た時、母娘《おやこ》はここで忍び装束に着替えて戦いに馳《は》せ参じるらしい。

座敷には、すでに酒肴《しゅこう》が揃っていた。酒に刺身、鯛《たい》の塩焼きに味噌《みそ》田楽《でんがく》などが並んでいる。

まだ夕餉の刻限ではなく日も高いが、昼前に蕎麦《そば》を一杯食っただけなので、千之助は急に空腹を覚えた。

「さあ、まずはどうぞ、ご遠慮なく」

朱里が座って言い、銚子《ちょうし》を差し出してきた。今日は茜はいないらしい。

「はあ、不調法なので、ほんの少しだけ」

彼は言って盃《さかずき》で受け、久々に飲む酒が腹に沁みた。元より困窮しているので、好き嫌い以前に酒を飲む習慣がない。

すすめられるまま箸《はし》を取って摘《つま》むと、どれも高級な料理屋に頼んだものか、生まれて初めて味わう旨《うま》いものばかりだった。

「独楽《こま》作りがご本業とか」

朱里が訊《き》いてきた。

武家ではないと言いつつ長く藩邸にいるだけあり、さすがに美津のような町育ちとは違う高貴さが、声音《こわね》や所作に現れていた。

茜という娘がいるのに朱里はお歯黒も塗っていないので、事情は分からないが終生田代藩に仕えるのかも知れない。

「はい、父の代からやっております」

「小猫屋では独楽の他に、根付も拝見しましたが、見事な細工です」

「恐れ入ります。ただがむしゃらに作っているだけですので」

千之助は美女を前に緊張しながら食事して答え、朱里に訊かれるまま国許のことや浪人してからのこと、父の死とともに一人になった経緯《いきさつ》などを語った。

「ご苦労なさっているのですね」

「いいえ、国許の民は飢饉《ききん》でもっと大変な思いをしております。私など江戸へ逃げだし、細々ながら仕事があるのは良い方です」

千之助が言うと、朱里は話を変えた。

「独楽に、一番大切なものは何でしょうか」

「全体の形や重みもありますが、最も大事なのは中心を貫く軸です」

「なるほど、軸ですか。小猫屋で細工を見て魅《み》せられ、そして直《じか》にお目にかかり、茜はたいそう千之助様が気に入ったようです」

「滅相《めっそう》も……。ただ細工物は好きですので、もう武士など近々止《よ》そうと思っております」

「左様ですか。もし本当に細工職人を生業《なりわい》とされるなら、多少なりとも細工物の仕事は回せると思いますが」

「はあ、女物の根付とか飾り物などでしょうか」

千之助は、仕事があるなら、この際どんなものでも作ってみたいと思って身を乗り出した。

「張り形の他にも、尻に入れる細めのものが要ります。あるいは珠《たま》を数珠《じゆず》つなぎにしたようなものとか」

それも尻に入れるのだろうか。

彼が戸惑っていると、朱里が笑みを浮かべた。

「お聞きと思いますが、里の女は淫法修行のため、あらゆる穴で感じるよう稽古《けいこ》するのですよ。あまり多くの職人に頼むわけにいきませんので、出来れば千之助様お一人にしたいのです」

「ど、どうにも、驚くことばかりで……」

千之助は言い、あらかた料理を片付けると、今度は激しく股間が熱くなってきてしまった。

「お酒は」

「いえ、もう充分に頂きましたので……」

「では、どうぞこちらへ」

朱里が言って立ち、彼も従って隣の部屋に行った。そこには床が敷き延べられていた。

「では、張り形でなく生身のものを味わわせて下さいませ」

朱里が、言いながら手早く帯を解いていくではないか。

良いのだろうか、と思ったが彼自身はすでにはち切れそうに突き立っている。

ほろ酔いで緊張は薄れて興奮が高まり、しかも茜に続き母親とも出来るなど夢のようではないか。

甘い匂いを漂わせながら朱里が脱いでゆき、みるみる熟れ肌が露《あら》わになってくると、千之助も、もう何も考えられず、手早く帯を解いて脱ぎはじめ、たちまち全裸になってしまった。

どうやら茜との出会いが、全ての女運の切っ掛けとなったようだ。

彼が柔らかな布団に仰向けになると、朱里も一糸《いっし》まとわぬ姿になり、屹立《きつりつ》した一物《いちもつ》に顔を寄せてきた。

「ああ、張り形と同じ」

朱里は言い、幹や亀頭を撫《な》で回し、粘液が滲《にじ》みはじめた鈴口の溝《みぞ》にそっと舌を這わせてきた。

「ああ……」

股間に熱い息を受けながら、千之助は腰をくねらせて喘《あえ》いだ。

朱里の舌遣《したづか》いは、茜や美津より丁寧で巧みで、賞味するように実に念入りで上品だった。

先端から張り詰めた亀頭全体が生温かな唾液にまみれ、やがて彼女は丸く開いた口でスッポリと呑み込んでいった。先端が、喉の奥の肉にヌルッと触れても、彼女は息を詰めることなく幹を締め付けて吸った。

舌が蠢《うごめ》き、熱い鼻息が恥毛をくすぐり、さらに朱里が顔を上下させると、一物全体がスポスポと心地よく摩擦された。

「ああ、いきそう……」

千之助は急激に高まり、腰をよじって言った。

すると朱里はスポンと口を離し、彼に添い寝してきたのである。

二

「さあ、どうぞお好きに」

仰向けになった朱里に言われ、千之助は入れ替わりに身を起こして彼女の股間に移動した。

きめ細かな肌は透けるように白く、乳房や腰は豊満だが、全体は実に均整が取れている。もちろん淫法ばかりでなく、体術にも長《た》けているのだろうが、無骨な筋肉は窺《うかが》えず、全身は脂《あぶら》の乗った熟れ肌に包まれていた。

千之助が腹這いになって股間に顔を寄せると、朱里もためらいなく大股開きになり、秘所を露わにしてくれた。

ムッチリと張りのある内腿を舐め上げ、股間に迫ると恥毛が程よい範囲にふんわりと茂っていた。

はみ出した陰唇に指を当て、そっと左右に開くと、かつて茜が生まれ出てきた膣口が濡れて息づいていた。淫法修行に明け暮れていただろうに、使い込んだ様子は見受けられず、色合いも綺麗な桃色である。

小指の先ほどのオサネが包皮を押し上げ、愛撫を待つようにツンと突き立っていた。

千之助は堪《たま》らず、熱気と湿り気の籠もる股間に顔を埋《うず》め込んでいった。

柔らかな茂みに鼻を擦《こす》りつけて嗅《か》ぐと、やはり蒸《む》れた汗とゆばりの匂いが馥郁《ふくいく》と鼻腔《びこう》を刺激してきた。

ものの本では、素破は戦いの際に全ての匂いを消すと書かれていたが、茜とども、こうして自然のままの匂いをさせているということは、彼を敵とは見なしていない証《あかし》なのだろう。

もっとも元禄の泰平の世では、すでに素破同士の戦いなどもないだろう。

千之助は朱里の匂いでうっとりと鼻腔を満たしながら、割れ目に舌を這わせて入った。

淡い酸味を含んだ生温かな淫水が舌の蠢きを滑らかにさせ、彼は息づく膣口からオサネまで、味わうようにゆっくり舐め上げていった。

「アア……」

朱里が熱く喘ぎ、ヒクヒクと白い下腹を波打たせた。

未熟な愛撫で淫法の手練れが感じるのだろうかと思ったが、彼を高める演技なのか、あるいは最初の相手の場合は素直に感じるよう気持ちを切り替えているのか、それは分からない。

オサネを執拗に舐めると蜜汁の量が増え、彼はすすりながら味と匂いに酔いしれ、さらに朱里の両脚を浮かせ、白く豊満な尻に迫っていった。

ひっそり閉じられた可憐《かれん》な蕾《つぼみ》に鼻を埋めると、弾力ある双丘が心地よく顔中に密着し、秘めやかに蒸れた匂いが悩ましく鼻腔を刺激してきた。

千之助は夢中で嗅いでから舌を這わせ、ヌルッと潜り込ませて滑らかな粘膜を味わった。

「く……」

朱里が小さく呻《うめ》き、モグモグと舌先を味わうように肛門を締め付けた。

やがて彼女の前も後ろも存分に味と匂いを堪能すると、

「入れて下さいませ」

朱里が静かに言い、彼も身を起こして股間を進めた。

激しく興奮が高まっているので、早く一度目を済ませ、じっくり二回目をしたかったのだ。

先端を濡れた割れ目に擦りつけ、もうさして迷うこともなく位置を定めると、ゆっくり膣口に挿入していった。

ヌルヌルッと根元まで差し入れると、何とも心地よい肉襞の摩擦と温もりが彼自身を包み、キュッと締め付けられた。

「アア……」

朱里が顔を仰《の》け反《ぞ》らせて喘ぎ、千之助は股間を密着させながら温もりと感触を味わい、脚を伸ばして身を重ねていった。

まだ動かずに屈《かが》み込み、左右の乳首を交互に含んで舐め回し、顔中で柔らかな膨《ふく》らみを味わった。

「嚙んで……」

身悶《みもだ》えながら朱里が言う。やはり淫法の手練れともなれば、微妙な愛撫より強い刺激の方が感じるのかも知れない。

千之助は前歯でコリコリと乳首を嚙み、左右とも念入りに愛撫した。

「ああ、いい気持ち……」

朱里が収縮を強めながら喘ぎ、大量の淫水を漏らしながらズンズンと股間を突き上げてきた。

彼も両の乳首を刺激しながら腰を遣い、さらに腋《わき》の下にも鼻を埋め込んだ。楚々《そそ》とした腋毛には甘ったるい汗の匂いが籠もり、千之助はうっとりと酔いしれた。

さらに首筋を舐め上げ、そろそろと唇を重ねていくと、すぐにも朱里の舌がヌルッと潜り込んで滑らかにからみついてきた。

生温かな唾液に濡れた舌が蠢き、彼が息で鼻腔を湿らせながら腰を突き動かし続けると、

「アア……」

朱里が口を離して熱く喘いだ。湿り気ある吐息は白粉《おしろい》のような刺激を含んで鼻腔が掻き回された。

美女のかぐわしい吐息を嗅ぎながら絶頂を迫らせると、いきなり朱里が突き上げを止めたのだ。

「お尻に入れて……」

「え……?」

言われて、思わず彼も動きを止めた。尻を刺激する張り形も作るので、後ろの穴がどのような心地か試させたいのかも知れない。

千之助は身を起こし、一物をヌルリと引き抜いた。

すると朱里が自ら両脚を浮かせて抱え、尻を突き出してきたので、彼も股間を進めた。

見ると陰戸《ほと》から溢《あふ》れる淫水が肛門までヌメヌメと濡らし、挿入を待つように悩ましく収縮していた。

彼は好奇心を湧かせ、淫水にまみれた先端を蕾に押し当て、ゆっくりと挿入していった。

さすがに慣れているのか、さしたる抵抗もなく肉棒はヌルヌルと根元まで吸い込まれ、尻の丸みが股間に密着して弾んだ。

中は膣内とは違う感触があり、入り口はきついが中は案外広く、思っていたほどのベタつきもなく滑らかだった。

「ああ……、突いて。深く何度も……」

朱里が喘ぎながら言い、彼もぎこちなく腰を突き動かしはじめた。

彼女は口呼吸で締め付けを弱め、緩急《かんきゅう》の付け方が巧みなため、たちまち滑らかに律動できるようになった。

「い、いきそう……」

たちまち千之助は絶頂を迫らせ、股間をぶつけるように激しく腰を突き動かしてしまった。

「いいわ、出して……」

朱里が言い、自ら乳房を揉《も》みしだき、空いた陰戸にも指を這わせるとピチャクチャと湿った音が響いた。

その美しい表情と淫らな仕草に、たちまち千之助は昇り詰めてしまった。

「あう……！」

突き上がる快感に呻きながら、熱い大量の精汁をドクンドクンと底のない穴の奥へ勢いよくほとばしらせると、

「い、いい気持ち……。アアーッ……！」

噴出の熱さを感じた途端、朱里も声を上ずらせてガクガクと狂おしい痙攣《けいれん》を開始したのだ。肛門で感じながら、同時に指で擦るオサネの刺激で気を遣《や》ったのだ

ろう。

全身で快感を嚙み締めているような朱里を見下ろし、千之助は心置きなく最後の一滴まで出し尽くしていった。

中に満ちる精汁で、さらに律動がヌラヌラと滑らかになった。

「ああ……」

すっかり満足して声を洩らし、彼が徐々に動きを弱めていくと、

「すごく良かったです……」

朱里も熟れ肌の強《こわ》ばりを解いて言い、グッタリと身を投げ出していった。

千之助が股間を引き離そうとすると、肛門の締め付けとヌメリで自然に押し出され、ツルッと抜け落ちてしまった。

まるで美女に排泄されるような興奮が湧き、丸く開いて一瞬粘膜を覗《のぞ》かせた肛門も、みるみる閉じられて元の蕾に戻った。

一物に汚れの付着はないが、

「すぐ洗いましょう」

余韻に浸る余裕もなく、朱里が言って身を起こすと、彼を裏の井戸端へと連れて行ったのだった。

三

「さあ、ゆばりを出して、中からも洗い流さないと」

朱里が、井戸水で念入りに一物を洗い終えると言った。

そこは簀《す》の子《こ》が敷かれ、周囲は葦簀《よしず》に覆《おお》われているので夏場は行水も出来るのだろう。真冬だが井戸水は生ぬるくて心地よかった。

千之助は回復しそうになるのを懸命に堪《こら》えながら、何とかチョロチョロと放尿を済ませた。

すると朱里はもう一度水を掛けて洗い、最後に屈み込んでチロリと鈴口を舐めてくれた。

「あう……」

彼は呻き、堪らずにムクムクと完全に元の硬さを取り戻してしまった。

「まあ、まだ出来そうですね。ではお部屋へ」

朱里が一物を見て言い、まださせてくれそうなので千之助も期待と興奮に幹を震わせた。

「あの、朱里様もゆばりを放って下さい」

彼は言い、簀の子に座り込んだまま朱里を目の前に立たせた。

そして彼女の片方の足を浮かせ、井戸のふちに載せると、開いた股間に顔を埋め込んだ。

彼の世話をしていたから朱里は洗っておらず、恥毛にはまだ艶《なま》めかしい匂いが沁み付いて、舐めると新たな淫水が溢れてきた。

朱里も拒《こば》まず、その体勢のまま息を詰めて尿意を高めてくれたようだ。

やはり淫法というのは、男のどのような欲望にも対応できるのだろう。

舐めているうち柔肉の奥が迫《せ》り出すように盛り上がり、味わいと温もりが変わった。

「あう、出ます……」

朱里が短く言うなり、チョロチョロと熱い流れがほとばしってきた。

嬉々《きき》として舌に受けると、それは薄めた桜湯のように心地よく喉を通過していった。

勢いがつくと口から溢れた分が温かく胸から腹に伝い流れ、すっかり回復した一物が心地よく浸された。

飲み込むたび、美女から出たものを受け入れているという甘美な悦《よろこ》びが胸いっぱいに広がった。

やがて勢いが衰えると、間もなく流れは治まってしまった。

千之助は残り香の中、余りの雫《しずく》をすすって割れ目内部を舐め回した。

「さあ、もう良いでしょう。続きは中で」

朱里が足を下ろして言い、彼はもう一度水を浴びて立ち上がった。

身体を拭き、全裸のまま二人で布団に戻ると、今度は仰向けになった千之助の股間に朱里が顔を寄せてきた。

彼の両脚を浮かせると、朱里は念入りに肛門を舐め、ヌルッと潜り込ませてくれた。

「く……」

千之助は快感に呻き、美女の舌先をモグモグと肛門で味わった。

彼女も充分に中で舌を蠢かせ、脚を下ろすとふぐりを舐め回し、睾丸《こうがん》を転がしてから肉棒の裏筋を舐め上げてきた。

滑らかな舌が先端まで来ると、彼女は粘液の滲む鈴口をしゃぶり、スッポリと喉の奥まで呑み込んでいった。

「ああ、気持ちいい……」

千之助は快感に喘ぎ、ズンズンと股間を突き上げると、朱里も顔を上下させスポスポと強烈な摩擦を繰り返してくれた。

二度目だから暴発の心配もなく、やがて一物が充分に唾液にまみれると、朱里の方からスポンと口を離して身を起こした。

「このようにしてみますね」

彼女が言うなり、自分の帯を手にし、真上にある梁《はり》にシュルッと巻き付けたのだ。掃除が行き届いているのか、埃《ほこり》一つ舞ってこない。

朱里は帯を輪にして結ぶと、そこに両の膝裏を掛けて宙に浮かんだ。

そして屹立した先端に割れ目を合わせ、ゆっくり腰を沈み込ませて受け入れていったのだった。

「アア……、いい……」

根元まで受け入れた朱里が、吊した帯を摑《つか》んで喘いだ。

何とも奇妙な感覚である。

彼女が宙に浮いているので股間に重みが感じられず、一物のみ心地よい肉壺に包まれているのだ。

すると朱里が、帯を摑んだまま身をよじらせた。

彼の股間の上で女体が回転し、みるみる帯がよじれ、それが限界になると、今度は逆回りをした。

まるで一物を軸に、独楽が回っているかのようだ。

回転しながら朱里が喘ぐと、溢れる淫水が輪になって飛び散った。

「アア……、いい気持ち……」

「あう、すごい……」

千之助も激しい快感に声を洩らし、ズンズンと股間を突き上げた。

朱里は巧みに位置や角度を合わせているらしく、回転と同時に真下から突き上げながら、たちまち彼も高まっていった。

やはり朱里も、肛門より激しく感じているようで、彼も二度目とはいえ妖《あや》しい体位で急激に絶頂を迫らせた。

しかし、やはり果てる時は温もりが欲しかった。

「ど、どうか重なって下さい……」

真下から言うと、すぐに朱里も股間を密着させたまま手早く帯から脚を引き抜き、彼に身を重ねてきた。

千之助は両手で抱き留め、両膝を立てて尻を支えた。

顔を引き寄せて舌をからめると、朱里も彼の好みを察しているようにトロトロと唾液を注いでくれた。恐らくゆばりを飲んだ時から、彼が女の体液を欲することを見抜いていたのだろう。

生温かく小泡の多い唾液を味わい、うっとりと喉を潤《うるお》しながら千之助は激しく股間を突き上げた。

「アア……、いきそう……」

朱里が口を離して熱く喘ぎ、収縮と潤いを活発にさせてきた。

千之助は彼女の開いた口に鼻を押し込み、かぐわしい白粉臭の吐息でうっとりと胸を満たした。

すると彼女も腰を遣いながら舌を這わせ、鼻の穴を舐め回してくれた。

「ああ、いく……！」

唾液と吐息の匂いにもう堪らず、彼は口走りながら激しく昇り詰めた。

ありったけの熱い精汁がドクンドクンと勢いよくほとばしると、

「い、いいわ……。アアーッ……！」

朱里も声を上ずらせ、ガクガクと狂おしく痙攣して気を遣ってしまった。

収縮と締め付けが強まり、千之助は心ゆくまで快感を嚙み締め、最後の一滴まで出し尽くしていった。

「ああ……」

満足しながら声を洩らし、彼が徐々に突き上げを弱めていくと、朱里も力を抜いてグッタリと身を預けてきた。

こんな最中でも、いきなり襲われたら素破は体が反応するものなのだろうか。

そんなことを思いながら、千之助は荒い呼吸を整えた。

まだ膣内はキュッキュッと収縮を繰り返し、刺激された一物がヒクヒクと過敏に震えた。

彼は美女の重みと温もりを受け止め、熱い吐息に含まれる白粉臭の刺激で鼻腔を満たしながら、うっとりと快感の余韻を味わったのだった。

「ああ、良かった……」

朱里が言い、そろそろと身を起こして互いの股間を拭き清めた。

「水を浴びますか」

「いえ、朱里様の匂いが付いたまま、今日はこれで帰ります」

言われて答え、千之助も起き上がって着物を着た。

朱里は立ち上がり、吊した帯を外して手早く身繕《みづくろ》いをした。そして余った料理を折詰めにして渡してくれたのだ。

「五日後、ここへお届けに来て頂けますか。私か茜のどちらか居りますので」

「承知しました。では」

千之助は辞儀をして答え、竹光の大小を帯びると土産を手に、母娘の隠れ家を辞したのだった。

四

「御免」

声がして戸が開くと、先日すれ違った暗い目の浪人ものが顔を見せた。

「矢垣殿はご在宅か」

「あ、父なら一昨年の暮れに死にました。私は息子の千之助ですが」

千之助は、作業中だった張り形をさり気なく隠して答えながら、浪人の顔を思い出していた。国許にいた頃、藩の剣術指南役で、何かと亡父とも親しくしていたのである。

親しいといっても、酒に付き合わせたり無心に来てばかりだったので、千之助もあまり好きではなかったのだ。

「そうか、亡くなったか……」

男は奥の棚にある二つの位《い》牌《はい》に目を遣って言い、木《き》屑《くず》で散らかった室内を見回した。

「俺は柴《しば》山《やま》栄《えい》之《の》進《しん》、藩が取り潰《つぶ》しになってから、知り合いはみな散り散りだ。過日、ふと見覚えのある顔とすれ違ったので、ここを探し当てたのだが」

男、栄之進が言う。

やはり国許で何度か顔を合わせていたので千之助を思い出し、あちこち歩き回り、あるいはあとをつけられたのかも知れない。

「細工物か。お前も苦労しているようで、貸すような金はなさそうだな」

「ええ、ご覧の通りです」

「俺もあちこち仕官の口を探しているのだが、どうにもならん。赤《あ》穂《こう》藩《はん》の上屋敷で雇われる寸前までいったのに、昨年の殿中での騒動で改《かい》易《えき》とはついてねえ」

栄之進、昨年三月の刃《にん》傷《じょう》沙《ざ》汰《た》を口にした。

赤穂藩が、彼を仕官させようとしたかは眉《ま》唾《ゆつば》ものだが、当てが外れたことは確かなようである。

「時に、お前は田代藩の女と知り合いのようだが」

栄之進が言う。やはりあれから千之助だけでなく、朱里のこともつけ回して屋敷を調べたのだろう。

「仕官の口をきいてくれぬか」

「いえ、ただ女用の細工物を頼まれただけで、納めてからは縁が切れるので、そんなに親しいわけじゃありません」

「そこを何とか頼む。まだ腕は鈍っておらん」

「分かりました。じゃ今度納めに行くとき言ってみます」

「頼む」

栄之進は、そう言うとあっさり出ていって戸を閉めた。

千之助は溜息をつき、また張り形作りを再開した。

あの分では、また何かと顔を出すかも知れないから、二両もの金があることを知られないようにしようと思った。

それに朱里と茜母娘の隠れ家なら良いが、ここで美津と情交したら覗かれる恐れがあるだろう。

とにかく、あの暗い目を見たら、こちらまで気が滅入《めい》りそうである。

栄之進を避けるためにも、彼は早く町人になって小猫屋へ婿入《むこい》りしたい気分になった。

とにかく作業に戻り、千之助は約束の五日後まで何事もなく、五本の張り形をきっちり仕上げたのである。

昼餉を済ませて湯屋へ行くと、彼は張り形を包んで大小を帯び、長屋を出て母娘の隠れ家を目指した。もちろん湯屋へ行ったのも、また母娘のどちらかと良いことが起きると期待してのことだ。

途中、千之助は裏路地を抜け、静かな川端を歩いた。

もう町々は正月気分も抜け、独楽も凧《たこ》も売れなくなっていることだろう。

すると、そこへ、

「ああ、良かった。うちへ来るところですね」

茜が姿を現し、声を掛けてきた。どうやら藩邸を出て、隠れ家に向かうところのようだ。

(今日は茜さんと出来るのか……)

千之助は頰を緩《ゆる》め、茜と一緒に歩いた。

しかし、そこで栄之進が姿を見せると、千之助の頬は強ばった。

「田代藩の女中か。剣術指南として、仕官の口をきいてもらいたいのだが」

栄之進は、千之助をチラと見てから茜に言った。

「剣術指南は間に合っております」

茜が落ち着いた声音で答えた。

「用心棒でも良い。不景気な昨今、手薄な小藩は盗賊に狙われると聞くぞ。若侍たちの細腕では頼りになるまい」

栄之進は言ったが、自分こそ眼光は鋭いものの全身は瘦《や》せ衰えている。

「あなたの腕では頼りになりません。試してみますか」

「なに」

「切っ先が私にかすりでもしたら、殿に仕官を進言しましょう」

茜が笑みを含み、千之助を後ろへ押しやると同時に、素早く彼の竹光を抜き放って構えた。

「ふ……。舐めると怪我をするぞ。いま言ったこと確かだな」

栄之進はスラリと抜刀し、茜の竹光と対峙《たいじ》した。寂しい場所で、他に通る人もいない。

栄之進はもちろん斬《き》るつもりはなく、茜の袂《たもと》なりを浅く斬り裂くつもりで間合いを詰めてきた。

千之助は膝を震わせながら身動きできず、成り行きを見守っていたが、いきなり栄之進が踏み込んで斬りつけた。

「く……！」

瞬間、避けた茜の切っ先が栄之進の手の甲を擦《かす》った。もちろん竹光だから浅く痣《あざ》になっただけだが、真剣なら両断されていたことだろう。

栄之進は激昂《げっこう》し、さらに勢いよく斬りつけたが、茜は悉《ことごと》く舞うように避けては奴の腕や頬を切っ先で擦っていた。

「お、おのれ……！」

栄之進はもう手加減せず、袂ではなく茜の体を目がけて鋭く袈裟《けさ》懸《が》けに斬りつけてきた。こんな場所で女を斬ったらどうなるか分かっているだろうに、あまりの激昂と屈辱《くつじょく》に我を忘れたようだ。

しかし茜は懐《ふところ》に飛び込むと手首を摑んで捻《ひね》り、豪快に栄之進を投げつけたのである。

「うわ……！」

栄之進は刀を握ったまま大きく宙に舞って呻き、そのまま真っ逆さまに川へと投げ込まれていた。

大きな水音がすると、茜は竹光をくるりと一回転させ、逆手で素早く千之助の鞘《さや》にパチーンと納めていた。

「す、すごい……」

千之助は息を呑んだ。見ると栄之進は水面から顔を出し、懸命に向こう岸へと這い上がっていくところだった。

「人相の悪い人ですね。さあ参りましょう」

茜が息一つ切らさず笑顔で言い、千之助も気を取り直して隠れ家へと行った。

部屋に入ると彼は包みを解き、茜も五本の張り形を吟味《ぎんみ》した。

「どれも良い出来です。あとは、母からお聞きでしょうが、細めのものと数珠をお願いします。数珠は五分（約一・五センチ）ぐらいのものを三つばかり繋《つな》げて下さい」

「承知しました」

言われて、千之助は頷《うなず》いた。栄之進への暗い怯《おび》えも、茜の強さと可憐さに消え失せ、新たな興奮が湧き上がってきた。

「細い張り形と数珠は、尻に使うのですか」

「そうです。里の女は何でもこなせるよう稽古するのです」

訊くと茜が答えた。彼女も、恐らく里ではそうした鍛錬に明け暮れていたのだろう。

しかし尻の穴に挿入するのは、朱里に試したので充分であり、やはり彼は陰戸に入れたかった。

今日は酒や料理はないので、すぐにも致せるだろう。隣の部屋には、やはり床が敷き延べられている。

「では、隣へ」

茜が仕上がった張り形をしまうと、彼も風呂敷を畳んで懐へ入れ、一緒に隣の部屋へ行った。

すでに三人の女を知っているが、何といっても茜は千之助にとって初めての女だから思い入れは格別で、痛いほど股間が突っ張っていた。

茜は無言で帯を解き、手早く脱いでいった。

長屋でした時のように裾《すそ》をからげるだけでなく、全裸になってくれるのは実に嬉《うれ》しい。

千之助も、気が急《せ》く思いで全裸になっていった。

「してほしいことはありますか」

「ええ、山ほど……」

茜が嬉しいことを言ってくれ、千之助は布団に仰向けになってゆき、彼女も一糸まとわぬ姿になってくれたのだった。

五

「あ、足を私の顔に載せて下さい……」

千之助が言うと、茜もためらわず彼の顔の横にスックと立ってくれた。

茜の全裸を下から見上げ、彼はゾクゾクと胸を高鳴らせた。

初めて見る乳房は形良く、腰がくびれ、スラリと脚が長い。やはり朱里と同じように、体術の手練れでも虚仮威《こけおど》しのような筋肉は窺えず、実に均整の取れた肢体をしていた。

茜は片方の足を浮かせ、ためらいなくそっと足裏を千之助の顔に乗せてきた。

フラつきもせず、壁に手を突くようなこともなかった。

千之助は顔中に美女の足裏を受け止め、舌を這わせながら指の間に鼻を押しつけて嗅いだ。

指の股は汗と脂にジットリ湿り、蒸れた匂いが濃く沁み付いていた。

涼しい顔をしているが、やはり栄之進を相手に立ち回りをした名残《なごり》で、全身がうっすらと汗ばんでいるのだろう。

彼は匂いを貪《むさぼ》ってから爪先にしゃぶり付き、指の股に順々に舌を割り込ませて味わった。

さらに足を交代してもらい、そちらも全ての味と匂いを貪り尽くした。

真下から見ると、陰戸が濡れはじめているようだ。やはりするからには、彼女も存分に楽しもうとしているのだろう。

「では、顔にしゃがんで下さい」

千之助が下から言うと、茜は彼の顔の左右に足を置き、厠に入ったようにゆっくりしゃがみ込んできた。

白く健《すこ》やかな脹《ふく》ら脛《はぎ》と内腿がムッチリと張り詰め、陰戸が鼻先に迫ると、熱気が顔中を包み込んだ。

彼は腰を抱え、若草の丘に鼻を埋め込んで嗅いだ。

今日も汗とゆばりの蒸れた匂いが沁み付き、暴れたせいか前回よりも濃厚に鼻腔が刺激された。

千之助は匂いを貪りながら舌を這わせ、膣口の襞をクチュクチュ掻き回し、ゆっくりオサネまで舐め上げていった。

「アア……」

茜がか細く喘ぎ、新たな蜜汁を漏らしてきた。

チロチロと舌先で弾くようにオサネを刺激しては、溢れてくる淫水をすすり、悩ましい匂いを存分に味わった。

さらに尻の真下に潜り込み、顔中に弾力ある双丘を受けながら谷間の蕾に鼻を埋め込んだ。そこも秘めやかに蒸れた匂いが籠もり、千之助は充分に貪ってから舌を這わせた。

ヌルッと潜り込ませると、

「く……」

茜が息を詰め、肛門で舌先をきつく締め付けた。

千之助は滑らかな粘膜を探り、すっかり堪能すると彼女が頃合いを察したように腰を浮かせて移動していった。

屹立した肉棒に屈み込み、幹に指を添えて粘液の滲む鈴口をヌラヌラと舐め回し、張り詰めた亀頭を咥《くわ》えると、そのままスッポリ喉の奥まで呑み込んだ。

「ああ……」

千之助は快感に喘ぎ、美女の口の中でヒクヒクと幹を震わせた。

茜は深々と含むと幹を丸く締め付けて吸い、熱い息で恥毛をくすぐりながらネットリと舌をからめてくれた。

小刻みにズンズンと股間を突き上げると、茜も合わせて上下に動き、スポスポと強烈な摩擦を繰り返した。

もちろん茜は彼の高まりを計り、限界近くまで愛撫すると、自分からスポンと口を引き離した。

「入れますね」

彼女は言って前進し、強ばりに跨がってきた。

唾液に濡れた先端に割れ目を押し当て、ゆっくり腰を沈めると、ヌルヌルッと滑らかに根元まで受け入れていった。

「ああ、気持ちいい……」

千之助が喘ぐと、茜もピッタリと股間を密着させ、味わうようにキュッキュッと締め付けながら身を重ねてきた。

彼も両手で抱き留め、膝を立てて尻を支えた。

まだ勿体《もったい》ないので動かず、潜り込むようにして乳首に吸い付き、舌で転がしながら顔中で膨らみを味わった。

彼は両の乳首を交互に含んで舐め回すと、腋の下にも鼻を潜り込ませ、和毛《にこげ》に籠もる甘ったるい汗の匂いに噎《む》せ返った。

そして徐々に股間を突き上げはじめると、

「アア……」

茜が小さく喘いで腰を遣い、溢れる蜜汁ですぐにも互いの動きが滑らかになっていった。

ズンズンと突き上げるとクチュクチュと湿った摩擦音が響き、千之助は快感を高めながら彼女の顔を引き寄せてピッタリと唇を重ねた。

舌を挿《さ》し入れると茜もチュッと吸い付き、チロチロと念入りにからみつけてくれた。生温かく注がれる唾液をすすり、うっとりと喉を潤しながら突き上げを強めていくと、

「ああ……、いい気持ち……」

茜が口を離して喘ぎ、収縮と潤いが増していった。

千之助が彼女の口に鼻を押し込み、熱く湿り気ある吐息を嗅ぐと、やはり前回より濃く甘酸っぱい果実臭が鼻腔を刺激してきた。

「舐めて……」

絶頂を迫らせながら囁《ささや》くと、茜も厭《いと》わず彼の鼻の穴を舐め回してくれた。

温かなヌメリと、唾液と吐息の匂いに高まり、彼は激しく股間を突き上げながら、肉襞の摩擦の中で昇り詰めてしまった。

「い、いく。気持ちいい……！」

大きな快感に包まれて口走り、彼はありったけの熱い精汁をドクンドクンと勢いよくほとばしらせた。

「アアッ……、いい……！」

すると茜も声を上げ、ガクガクと狂おしい痙攣を開始して気を遣った。

千之助はすっかり堪能し、満足しながら徐々に突き上げを弱めていった。

身を投げ出すと、茜も動きを止めてグッタリともたれかかった。

まだ膣内はキュッキュッと収縮を繰り返し、刺激された幹が中でヒクヒクと過敏に震えた。

そして彼は茜の重みと温もりを受け止め、かぐわしい果実臭の息を嗅ぎながらうっとりと快感を味わったのだった。

「ああ、良かった。前より上手《じょうず》ですよ……」

茜が囁き、やがて呼吸を整えると、そろそろと身を離していった。

せっかく井戸端があるのだから懐紙での始末を省略し、千之助も身を起こすと一緒に裏へ行った。

茜が水を汲《く》み上げ、互いの股間を洗い流す。

もちろん千之助は、茜から出るものを求めてしまった。これは長屋では出来ないことである。

「ゆばりを出して」

簀の子に座って言うと、茜も目の前に立って股を開き、彼の顔に股間を突き出してくれた。素破の母娘は、言えば何でもためらいなくしてくれるのが良いところだ。

「すぐ出ます……」

茜が言い、しかも自ら指で陰唇を広げてくれたのだ。

彼が割れ目に口を付け、舌を挿し入れると、すぐに温かな流れが漏れてきた。

チョロチョロとほとばしる流れを口に受けて味わうと、やはりそれは朱里のゆばりのように実に清らかで淡い味わいだった。

勢いのつく流れを飲み込み、溢れた分を肌に受けると、たちまち彼自身はムクムクと回復していった。

まだ日も高いし、充分にもう一回出来るだろう。

やがて流れが治まると、千之助は残り香の中で余りの雫をすすり、割れ目内部を舐め回した。

「アア……」

茜は熱く喘いだが、やがて股間を引き離すと、もう一度互いの全身に水を浴びせた。

しかし身体を拭いて部屋に戻ると、茜は着物を着はじめてしまった。

「そろそろ藩邸へ戻らないとなりません。でも、お口でならして差し上げます」

「ええ、それでもいいです」

茜に言われると、千之助は勢い込んで答え、自分だけ全裸のまま布団に仰向けになった。

すると身繕いを終えた茜が彼の股間に腹這い、両脚を浮かせて尻の谷間を舐め回してくれた。ヌルッと舌先が潜り込むと、茜は舌を出し入れさせるように蠢かせ、何やら犯されている気分になった。

「あう……」

千之助は呻き、肛門で締め付けると、茜は舌を離して脚を下ろし、熱い息を股間に籠もらせながら、ふぐりを念入りにしゃぶってから幹の裏側を舐め上げてきた。

もちろん彼自身は最大限に勃起し、すでに粘液を滲ませていた。

そして鈴口を舐め回し、深々と含むと、最初からスポスポと強烈な摩擦を開始してきたのだ。彼も股間を突き上げ、急激に高まってきた。唾液にまみれた傘が唇に擦られるたび、クチュクチュと音がした。

「い、いく……。アアッ……！」

たちまち二度目の絶頂に達した千之助は快感に喘ぎ、ドクンドクンと熱い精汁をほとばしらせてしまった。

「ンン……」

喉の奥に噴出を受けると、茜は小さく呻きながら噎せ返りもせず、全て受け止めてくれた。

「ああ、気持ちいい……」

千之助は全て出し切って口走り、グッタリと身を投げ出した。

茜も動きを止めると、亀頭を含んだまま口の中の精汁をコクンと一息に飲み干してくれた。

「あう……」

喉が鳴ると同時に、キュッと締まる口腔の刺激に呻き、彼は美女に飲んでもらう悦びに酔いしれたのだった……。

第三章　生娘《きむすめ》のいけない欲望

一

（素破《すっぱ》の里では、生娘が前にも後ろにも入れているんだなあ……）

千之助は、細工に専念しながら思った。

朱里と茜の母娘《おやこ》からは良質な黄楊《つげ》の木を貰《もら》い、男根ではなく肛門用の細めの張り形を作っていた。

肛門用は、特に男根を模《も》す必要はなく、ただ内壁を刺激するための段々を作るよう注文されている。

数珠《じゅず》も、独楽《こま》作りで慣れているので綺麗な球を削《けず》ることが出来た。それに錐《きり》で穴を空け、三つを細紐《ほそひも》で数珠つなぎにするのだ。

どれも女の微妙な穴に入れて動かすのだから、丁寧に磨きをかけて滑《なめ》らかにしないといけない。

独楽の季節が終わったところで、こうした注文が来るのは実に有り難いことである。しかも母娘の後ろには田代藩が付いているので、賃金は小猫屋の何倍も貰えるのだ。

もう昼過ぎだ。

千之助は湯屋と昼餉《ひるげ》を済ませ、午後の作業に取りかかっていた。急に女運が良くなっているので、もう前のように何日も風呂に入らないということはなく、昼餉前に湯屋へ行くのが習慣になっていた。

あれから柴山栄之進の姿は見かけなかった。茜に川へ叩き込まれ、あるいは江戸を出て行ってしまったのかも知れない。

と、そこへ小猫屋の珠が訪ねて来た。

「こんにちは、おっかさんがこれを持っていってやれって」

入ってきた珠が言い、佃煮《つくだに》や総菜の入った包みを置いた。

十八になる小町娘で、笑窪《えくぼ》と八重歯《やえば》が愛らしい。小猫屋もそこそこの大店《おおだな》なので、婿《むこ》入りを望む男は多いことだろう。美津の言うように、千之助が入る余地などあるのだろうか。

しかし珠は、実に良く千之助に懐《なつ》いていた。

「有難う。助かるよ」

「もう独楽は要らないようなので、また根付をお願いします」

「うん、分かった」

彼が答えると、珠は上がり込んで作業中の木ぎれを眺めた。

「これは何？」

珠が肛門用の棒や、磨かれた球を見て言った。幸い、今は男根を模した張り形は置いていない。

「よく分からないが、田代藩の注文のまま作ってるんだ。国許の、何か祭礼にでも使うんだろう」

「田代藩の茜さんね？　よくうちに来てくれるお得意だわ」

珠が言い、そこらにある作りかけのものをいじり回した。千之助は、生娘の甘ったるい体臭を感じ、ムクムクと勃起してきてしまった。

今までは、仕事を回してくれる店の看板娘だから、欲望は湧いても手すさびの妄想《もうそう》にとどめてきたが、三人もの女を知った今は緊張も気後《きおく》れも薄れ、生娘はどのようなものだろうかとあれこれ思ってしまった。

「今日はすぐお店に帰る？」

「ううん、お休みなんです。おっかさんは法要に行っているし、おとっつぁんは寄り合いで、私も夕方までに戻ればいいんです」

「そう、じゃゆっくりお話ししましょうか」

「ええ、嬉《うれ》しい」

「じゃ心張り棒をかってきて。誰か来ると邪魔だから居留守を使おうね」

言うと珠は素直に土間に降り、閉まった戸に心張り棒を嚙ませて戻ってきた。

千之助も鑿《のみ》を置き、珠と二人で万年床に座った。

「こないだ、おっかさんが言っていたの。千さんは武家を辞めるかも知れないから、うちへ来てもらえないだろうかって」

珠が、笑窪の浮かぶ頰をほんのり上気させて言った。

「私が住み込みの細工職人になるのかな？　確かに部屋は空いていそうだけど」

「そうじゃなく、私のお婿さんに」

珠がモジモジと言った。

どうやら美津が言ったのは本気だったらしい。

珠は沈黙が恐いように続けた。

「でもお武家を辞めるなんて、簡単に出来るものなの？」

「もう辞めてるのと一緒だよ。ほら」

千之助は答え、傍《かたわ》らにあった脇差を抜いて竹光《たけみつ》を見せた。

「まあ、本当……。あっちの長い刀も？」

「ああ、真っ先に売っちゃったよ」

「じゃ、うちに来られます？」

「お珠ちゃんが私で良いと言うなら、願ってもないことだよ」

言うと、彼女は黒目がちの大きな目でまじまじと千之助を見つめた。

「よ、良いどころじゃないです。千さんがいるから私、いくら婿の話が来ても断り続けていたんですから……」

珠が言い、千之助も急に現実のこととして受け止めはじめた。

もちろん武家を捨てることには、すでに何の抵抗もない。そもそも武士らしい暮らしをした覚えがないのだ。

「じゃ、近々良い日に小猫屋へ行って、お珠ちゃんの二親《ふたおや》に言いに行くから待ってて」

「本当……？　分かりました。それはいつ頃？」

珠が、気が急《せ》くように言って身を乗り出した。触れんばかりに迫られると、さらに甘ったるい匂いが生ぬるく漂った。

「せっかく家賃を払ったから、今月いっぱいここに居るかな。大家には早めに言っておくので、月末に正式に言いに行くよ」

「じゃ来月からうちで暮らすのね。嬉しい！」

珠が言い、とうとう彼にしがみついてきた。

千之助も抱き留めながら彼女の温もりと、髪の匂いを嗅《か》いで最大限に勃起してしまった。

「男と女のすることは知っているの？」

「ええ……。手習いの仲間と、そんな内緒の話ばっかりしているので」

訊《き》くと、珠は彼の胸に顔を埋《うず》めて小さく答えた。確かに、付き合いの多い町家なら、女同士でもそんな話題が何かと出て、同年の男より知識はあるのかも知れない。

「じゃ、してもいい？」

千之助は興奮を高めながら、律儀に言った。生娘を抱けば、もう後戻りできないだろうが、此度《こたび》の展開は彼に否《いな》やはないのである。

本当に夫婦になるなら一生ともに暮らし、焦《あせ》らなくても好きなだけ出来るのだが、今は絶大な欲望に全身がぼうっとなっていた。

「全部脱いでね」

囁《ささや》くと、珠はこっくりして身を離し、帯を解きはじめた。

昼日中で明るいが、やはり彼も生娘をよく見たい。

珠が着物を脱いでいくと、千之助も手早く全裸になり、揺らめく生娘の匂いに陶然《とうぜん》となった。

やがて珠が一糸《いっし》まとわぬ姿になると、千之助は彼女を仰向けにさせ、無垢《むく》な肢体を見下ろした。

乳房は美津に似て、豊かになる兆《きざ》しが見え、艶《なま》めかしく息づいているが、さすがに乳首と乳輪は初々《ういうい》しい桜色をしている。

股間の翳《かげ》りは楚々《そそ》として淡く、色白の全身はムチムチと実に健《すこ》やかそうな張りに満ちていた。

珠は長い睫毛《まつげ》を伏せ、息を殺してじっとしていた。手習いの娘たちと、こうした日が来ることを楽しみに話し合っていたのだろう。

もう堪《たま》らず、千之助は吸い寄せられるように屈《かが》み込み、チュッと乳首に吸い付き、もう片方にも指を這わせていった。

「あん……」

舌で転がすと、珠がビクッと反応してか細く喘《あえ》いだ。感じるというより、まだくすぐったい感覚の方が大きいのだろう。

顔中で膨《ふく》らみを味わい、左右の乳首を順々に含んで舐め回すと、次第に彼女はクネクネと身悶《みもだ》え、さらに濃くなった匂いが甘ったるく立ち昇った。

千之助は両の乳首を充分に舐めてから縮こまる腕を差し上げ、和毛《にこげ》のある腋《わき》の下に鼻を埋め込んで嗅いだ。

甘ったるい汗の匂いが濃厚に籠もり、うっとりと彼の鼻腔《びこう》が刺激された。

彼とは違い、まだ今日の珠は入浴していないだろう。

千之助は胸を満たしてから無垢な肌を舐め下り、愛らしい臍《へそ》を探り、張りのある下腹に顔を押しつけて弾力を味わった。

そして股間を後回しにし、腰から脚を舐め下りていった。

足首まで行くと足裏に回り込んで舌を這わせ、可憐《かれん》な指の間に鼻を割り込ませて嗅ぐと、やはりそこは汗と脂《あぶら》にジットリ湿り、ムレムレの匂いが濃く沁み付いていた。

充分に嗅いでから爪先にしゃぶり付き、順々に指の股にヌルッと舌を割り込ませて味わうと、珠が激しく身をよじりはじめた。

二

「あう、駄目。そんなことお武家はするんですか……」

珠が驚いたように言ったが、千之助は構わず両足とも、全ての指の股をしゃぶり、味と匂いを貪《むさぼ》り尽くしてしまった。

「じゃ、うつ伏せになってね」

顔を上げて言うと、珠も素直にゴロリと寝返りを打って腹這いになった。

千之助は彼女の踵《かかと》から脹《ふく》ら脛《はぎ》、ヒカガミから太腿を舐め上げ、尻の谷間を後回しにして丸みをたどり、腰から滑らかな背中に舌を這わせていった。

スベスベの背中はうっすらと汗の味がし、

「アアッ……」

くすぐったいらしく珠が顔を伏せて喘いだ。

肩まで行くと髪の匂いを嗅ぎ、耳の裏側の蒸《む》れた湿り気も嗅いで舐め回した。

珠は息を詰め、肩をすくめてじっとしている。

再び背中を舐め下りると、脇腹にも寄り道しながら尻に戻ってきた。

うつ伏せのまま股を開かせて腹這い、大きな桃の実のような尻の谷間を指で広げると、薄桃色の蕾《つぼみ》がひっそり閉じられていた。

鼻を埋め込んで嗅ぐと、やはり秘めやかに蒸れた匂いが沁み付き、これは町娘でも素破の美女でもみな似たようなものだった。

悩ましい刺激を堪能してから舌を這わせ、ヌルッと潜り込ませると、

「あう……」

珠が呻《うめ》き、キュッと肛門で舌先が締め付けられた。

千之助は舌を蠢《うごめ》かせ、滑らかな粘膜を味わってからようやく顔を上げ、再び彼女を仰向けにさせた。

珠も尻の刺激が苦手だったらしく、すぐにも寝返りを打ってきた。

彼は片方の脚をくぐり、白くムッチリと張りのある内腿を舐め上げ、生娘の股間に迫った。

ぷっくりした丘には楚々とした若草が恥ずかしげに煙り、割れ目からはみ出す小ぶりの花びらが、しっとりと清らかな蜜に潤《うるお》っていた。

やはり生娘でも、自分でいじって濡れたり感じたりしているのだろう。

そっと指を当て、グイッと陰唇を左右に広げると、無垢な膣口が襞を入り組ませて息づいていた。

「アア、恥ずかしい……」

彼の熱い視線と息を感じ、珠がヒクヒクと下腹を波打たせて喘いだ。

オサネも小粒だが綺麗な光沢を放ち、千之助は堪らずギュッと割れ目に顔を埋め込んでいった。

柔らかな恥毛に鼻を擦《こす》りつけて嗅ぐと、やはり隅々には汗とゆばりの蒸れた匂いが馥郁《ふくいく》と籠もっていた。

「いい匂い……」

思わず言いながら舌を這わせると、珠の内腿がキュッときつく閉じられて彼の顔が挟み付けられた。

舌を挿《さ》し入れ、膣口の襞をクチュクチュ掻き回し、味わいながらオサネまで舐め上げていくと、

「アアッ……！」

やはりここが最も感じるらしく、珠が喘いで内腿に力を込めた。

チロチロと舌先でオサネを探ると、さらに蜜汁の量が増してきた。

彼は舐めながら、淫水を付けた指を膣口に挿し入れていった。

さすがに他の誰よりも締まりはきついが、美津に似て潤いが豊富なため、指はヌルヌルと奥まで潜り込んだ。

中は熱く、心地よさそうなヒダヒダが息づき、彼は内壁を小刻みに擦りながらオサネを舐め続けた。

「ああ、駄目。変になりそう……」

珠が顔を仰《の》け反《ぞ》らせて口走り、クネクネと腰をよじらせた。

このままオサネへの刺激で果てさせても良いのだが、彼も我慢できなくなり、やがて舌と指を離すと身を起こしていった。

股間を進め、幹に指を添えて先端を割れ目に擦りつけ、ヌメリを与えながら位置を定めていった。

珠も、そのときが来ると察したか、息を詰めてじっとしていた。

感触を味わいながらゆっくり押し込んでいくと、張り詰めた亀頭がズブリと潜り込み、あとは潤いに任せヌルヌルッと根元まで押し込んでいった。

「あう……！」

珠が眉をひそめ、奥歯を噛み締めて呻いた。

千之助は熱いほどの温もりときつい締め付けを味わい、股間を密着させると脚を伸ばし、身を重ねていった。

すると珠が下から両手で激しくしがみつき、千之助も彼女の肩に腕を回し、肌の前面を合わせた。

胸の下で乳房が押し潰《つぶ》れて心地よく弾み、じっとしていても膣内は、異物を確かめるようなきつい収縮が繰り返されていた。

とうとう生娘を抱いたのだ。

しかも、これで二組の母娘としたことになる。

千之助は生娘の温もりと感触を噛み締めながら、上からピッタリと唇を重ねていった。

唇の柔らかな感触と唾液の湿り気が伝わり、彼は舌を挿し入れて滑らかな歯並びを左右にたどった。すると破瓜《はか》の痛みで奥歯を噛み締めていた珠も、徐々に歯を開いて舌を触れ合わせてくれた。

チロチロとからみつけると、生温かな唾液に濡れた舌は、何とも可憐で心地よかった。

千之助は美少女の舌を味わいながら、堪らずズンズンと小刻みに腰を突き動かしはじめた。

「ンンッ……！」

反射的に珠がチュッと彼の舌に吸い付いて熱く呻いた。

気遣《きづか》うようにそろそろと動いてみたが、彼はあまりの快感に腰が止まらなくなり、次第に勢いをつけはじめてしまった。

それでも潤いが充分で、珠も徐々に痛みが麻痺《まひ》してきたか、動きが滑らかになっていった。

「ああ……。奥が、熱いわ……」

珠が息苦しくなったように、口を離して喘いだ。

「大丈夫？　痛かったら止《よ》すからね」

「平気です。どうか最後まで……」

囁くと珠が健気《けなげ》に答え、千之助は彼女の熱い吐息を嗅ぎながら、なおも動き続けた。

珠の吐息は甘酸っぱい果実臭で、茜よりもずっと濃厚に鼻腔が刺激された。

そして彼は、肉襞の摩擦と締め付けで急激に高まった。

「ああ、気持ちいい。いく……！」

昇り詰めた瞬間は、珠への気遣いも忘れて股間をぶつけるように激しく動いてしまった。

同時に、熱い大量の精汁がドクンドクンと勢いよくほとばしり、噴出が珠の奥深い部分を直撃した。

「あう……」

熱さを感じたように珠が呻き、千之助は大きな快感を味わいながら、心置きなく最後の一滴まで出し尽くしていった。

とうとう生娘を征服したという充足感が全身に満ち、彼は満足しながら徐々に動きを弱めていった。

珠は、もう精根尽き果てたようにグッタリと身を投げ出している。

完全に動きを止めても、まだ膣内はきつく締まり、中でヒクヒクと幹が過敏に跳ね上がった。

「ああ、まだ動いてる……」

珠が呟《つぶや》き、彼は甘酸っぱい吐息を胸いっぱいに嗅ぎながら、うっとりと余韻を味わった。

ようやく呼吸を整えると、千之助はそろそろと身を起こし、懐紙《かいし》を手に取りながら股間を引き離した。手早く一物《いちもつ》を拭《ぬぐ》いながら割れ目を見ると、花びらが痛々しくめくれ、膣口から逆流する精汁に、うっすらと血が混じっていた。

そっと拭ってから添い寝した。

「大丈夫だった？」

「ええ、まだ中に何かあるみたい……。でも嬉しいです……」

珠が答え、横から肌をくっつけてきた。

これが朱里や茜の隠れ家なら、井戸端で身体を流し、可愛い珠のゆばりでも頂くところだが、貧乏長屋ではどうにもならない。

すると、珠がそろそろと手を伸ばし、一物に触れてきたのだ。どうやら生娘でなくなった途端、好奇心が前面に出てきたのかも知れない。

無邪気《むじゃき》な指の動きに、彼自身がムクムクと回復してきた。

「まあ、どんどん硬く……」

「うん、いじられると気持ち良いからね」

「見てもいいですか」

珠が言い、身を起こして移動していった。

千之助が仰向けになって大股開きになると、珠は真ん中に腹這い、可憐な顔を股間に寄せてきた。

そして幹を撫《な》で、ふぐりをお手玉のように手のひらに包み込むと、二つの睾丸《こうがん》をコリコリと探り、袋をつまみ上げて肛門の方まで覗《のぞ》き込んだ。

再び幹に戻ると、張り詰めた亀頭にも触れ、いつしか彼自身は完全に元の硬さと大きさを取り戻してしまったのだった。

三

「こんなに大きなものが入ったのね……」

珠が熱い視線を注いで言い、幹を包み込んでニギニギと動かした。

そして顔を進め、滑らかな舌先でゆっくりと裏筋を舐め上げてきた。

「あう……」

千之助は快感に呻き、ヒクヒクと幹を震わせた。

珠は、まだ亀頭が精汁と淫水に湿っているのも厭《いと》わず、濡れはじめている鈴口《すずぐち》をチロチロと舐め回してきた。

「ま、待って。すぐいきそう……」

「構いません、出しても」

彼が急激に高まって言うと、珠も股間から答えた。

やはり精汁の飛び出る仕組みぐらい知っているし、初物を散らしたばかりなので、立て続けの挿入は避けたいのだろう。

「うん、すぐいくのは勿体《もったい》ないので、こっちへ来て、出そうになるまで指でして」

千之助は言い、再び彼女を引き寄せて添い寝してもらった。

そして美少女に腕枕してもらい、温もりに包まれながら指でしごいてくれるようせがんだ。

「こんな動きでいいですか……？」

珠がぎこちなく指を動かし、幹を刺激しながら囁いた。

「ああ、気持ちいい……。こうして……」

千之助は快感に喘ぎ、彼女の背に腕を回して抱き寄せながら、上から唇を重ねさせた。

舌をからめながら、なおも珠がニギニギと肉棒を揉《も》んでくれる。

滑らかに蠢く珠の舌を味わい、彼は熱い息で鼻腔を湿らせた。

「唾《つば》を垂らして、いっぱい……」

唇を触れ合わせたまませがむと、珠もためらわず懸命に唾液を溜め、口移しにトロトロと注ぎ込んでくれた。彼は生温かく小泡の多い唾液を味わい、うっとりと喉を潤した。

清らかな唾液を飲み込むと、甘美な悦《よろこ》びが胸に広がっていった。

ぎこちない指の刺激もかえって心地よく、自分でいじるのとは違い、思いがけない部分が感じたり、予想もつかない動きが新鮮だった。

彼が嬉々《きき》として喉を鳴らしているので、珠も唾液を垂らしてくれていたが、やがて口を離し、

「もう出ないわ」

言うので千之助は、彼女の口に鼻を押し込んで果実臭の息を嗅いだ。

「ああ、なんていい匂い。桃を食べたあとみたいだ……」

彼はうっとりと鼻腔を満たして喘いだ。

珠は少し恥ずかしそうに身じろいだが、何とか熱い息を吐きかけて好きなだけ嗅がせてくれた。

甘酸っぱい匂いは、淡かった茜よりもずっと濃厚で、不快と感じる一歩手前の

濃度が実に興奮をそそった。

一緒になれば、これからいくらでも嗅げるのだが、今は快感に夢中になって貪るように胸を満たした。

たまに珠の指の動きが止まることがあり、せがむように幹をヒクつかせると、また愛撫を再開してくれた。

「舐めて……」

吐息を嗅ぎながら言うと、珠もヌラヌラと舌を這わせてくれ、鼻の穴を生温かく濡らしてくれた。

千之助は指の刺激と、唾液のヌメリ、吐息の匂いでたちまち高まった。

「い、いきそう。お口でして……」

すっかり絶頂を迫らせて早口で言うと、珠は急かされるように身を起こし、再び顔を彼の股間に移動させてきた。

そして張り詰めた亀頭を咥えると、熱い息を弾ませて舌をからめた。

股間を見ると、可憐な小町娘が無心に肉棒を頬張っている。

チュッと強く吸い付くたび、笑窪が浮かんで上気した頬がすぼまった。

「深く入れて……」

仰向けになり、快感を受け止めながら言うと、珠は素直にモグモグと喉の奥まで呑み込んでくれ、先端がヌルッと奥の肉に触れた。

「ああ、気持ちいい……」

千之助は喘ぎながら快感に任せ、ズンズンと股間を突き上げはじめた。

「ンン……」

珠は小さく呻きながら、自分も合わせて小刻みに顔を上下させ、濡れた口でスポスポと摩擦してくれた。

たまに八重歯が当たるが、これも新鮮な快感だった。

たちまち彼自身は清らかな唾液に温かくまみれ、舌の蠢きの中で激しく高まっていった。

「い、いく……。アアッ……！」

大きな絶頂の快感に口走り、ありったけの熱い精汁をドクンドクンと勢いよくほとばしらせると、

「ク……」

喉の奥を直撃された珠は小さく呻きながらも、噎《む》せることなく、なおも摩擦と吸引、舌の蠢きを続けてくれた。

「ああ、いい……」

千之助は、清らかな娘の口を汚《けが》す悦びと快感に喘ぎ、心置きなく最後の一滴まで出し尽くしてしまった。

いつまでも荒い息遣いと動悸《どうき》が治まらず、彼は満足しながら動きを止めると、力を抜いてグッタリと身を投げ出していった。

珠も動きを止めると、亀頭を含んだまま口に溜まった精汁をコクンと一息に飲み干してくれたのだ。

「あう……」

彼はキュッと締まる口腔に駄目押しの快感と、飲んでもらえた悦びにピクンと幹を震わせた。

ようやく珠がチュパッと軽やかな音を立てて口を離すと、なおも幹をニギニギし、鈴口に膨らむ余りの雫《しずく》までチロチロと丁寧に舐め取ってくれた。

「も、もういい。有難う……」

千之助は過敏に幹を震わせて言い、彼女の手を握って再び抱き寄せた。

また腕枕してもらい、呼吸が整うまで優しく胸に抱いてもらった。

「気持ち良かったですか」

「うん、すごく。飲んでも気持ち悪くない？」

「平気です、千さんの出したものだから」

珠に言われ、千之助は愛《いと》しさと幸福感で胸がいっぱいになった。

余韻を味わいながら彼女の吐息を嗅ぐと、精汁の生臭さはなく、さっきと同じように桃のように可憐で甘酸っぱい匂いが鼻腔を刺激してきた。

四

「武士を辞めて、うちへ来ることを承知してくれたのですね？」

翌日の昼過ぎ、美津が長屋に来て千之助に言った。珠から聞いたらしく顔を輝かせ、よほど嬉しいようである。

「ええ、まだ口約束だけですが、小猫屋さんの方さえ良ければ、大家に月末に長屋を出ることを言います」

「そう、じゃすぐにも大家さんに言って下さい」

「本当に良いのですか。それに茂助《もすけ》さんの許しは？」

千之助は訊いた。

茂助は小猫屋の元番頭で、美津の入り婿、珠の父親である。すでに美津の二親は亡くなっている。

「もちろん大丈夫」

茂助を尻に敷いている美津は、事もなげに答えた。確かに茂助は穏やかで、細工物を納めにいった千之助にも愛想が良いし、母娘が望んでいることに否やはないだろう。

「では月末に、正式にご挨拶《あいさつ》に出向きます」

「ええ、楽しみ。祝言《しゅうげん》は来月すぐの吉日にしましょう」

美津は答え、ほっとすると同時に話を終えると、急に熱っぽい眼差《まなざ》しを彼に向けて甘ったるい匂いを揺らめかせた。どうやら淫らな方に気持ちが切り替わったようである。

もちろん美津は、入ってきた時から戸に心張り棒を噛ませていた。

千之助も、いつものように昼餉と入浴を終えている。

「まだ本当の母子《おやこ》じゃないから、構わないわね……」

美津はにじり寄って囁いた。どうにも、熱く湧き上がる淫気と欲望が我慢できないようだ。

彼も最初から期待し、激しく勃起していた。

だがこの分では、千之助が本当の入り婿になり、同居するようになっても美津は目を盗んで彼を求めてきそうである。

それはそれで、秘密めいた禁断の期待が湧いていた。

美津が帯を解きはじめたので、千之助も手早く全裸になっていった。

先に布団に仰向けになると、

「まあ、嬉しい。こんなに勃《た》って……」

脱ぎながら彼の股間を見た美津が、目を輝かせて言った。

そしてもどかしげに腰巻まで脱ぎ去り、一糸まとわぬ姿になると屈み込み、いきなり先端にしゃぶり付いてきたのだ。

「あう……」

千之助は唐突な快感に呻き、身を強《こわ》ばらせた。

「ンン……」

美津は深々と呑み込んで熱く鼻を鳴らし、執拗《しつよう》に舌をからめては頰をすぼめて吸い付いた。たちまち彼自身は熟れた新造の唾液に温かくまみれ、粘液を滲《にじ》ませてヒクヒクと震えた。

彼女はチュッと吸い付きながらスポンと口を離すと、

「ああ、何て逞《たくま》しい。それに艶《つや》のある綺麗な色……」

感極まったように言って亀頭を舐め、幹を撫で回した。

そして添い寝してくると、

「入れて……」

すぐにも受け身体勢になったので、千之助も身を起こした。

彼は美津の足裏に屈み込んで舌を這わせ、指の股に鼻を割り込ませた。

「あう、そんなところはいいから……」

美津は嫌々をして言ったが、拒《こば》むことはしなかった。

千之助は、汗と脂に湿って蒸れた匂いを貪り、爪先にしゃぶり付いて両足とも味と匂いを貪り尽くした。

「アア……、まだお武家なのにそんなことを……」

美津がヒクヒクと足を震わせて言うと、千之助は彼女を大股開きにさせ、脚の内側を舐め上げていった。

白くムッチリと量感ある内腿を舌でたどり、熟れた陰戸《ほと》に顔を迫らせると悩ましい匂いを含んだ熱気が籠もっていた。

指で陰唇を広げると、膣口からは白っぽく濁《にご》った粘液が滲んでいる。珠の初物を頂いた今は、さらに美津の膣口から彼女が出て来たのだという実感が湧いた。

顔を埋め込み、柔らかな茂みに鼻を擦りつけ、汗とゆばりの蒸れた匂いで鼻腔を刺激されながら舌を這わせた。膣口を掻き回し、ツンと突き立ったオサネまで舐め上げていくと、

「アアッ……、いい気持ち……」

美津が喘ぎながら内腿で彼の顔を挟み付け、淡い酸味を含んだ淫水は、泉のように後から後から溢《あふ》れてきた。

味と匂いを貪ってから、千之助は彼女の両脚を浮かせ、白く豊満な尻に顔を埋め込んだ。薄桃色の蕾に籠もる蒸れた匂いを嗅いでから舌を這わせ、ヌルッと潜り込ませると、

「あう。どうか、早く入れて……」

すっかり高まっている美津はせがんだが、それでもモグモグと肛門で舌先をきつく締め付けてきた。彼は滑らかで甘苦い粘膜を充分に味わうと、ようやく顔を上げた。

「こうして下さい」

言って美津をうつ伏せにさせ、四つん這いにして尻を突き出させた。

やはり母子になる前に、春本《しゅんぽん》で知った様々な体位を体験したいのだ。こればかりは、まだ可憐な珠には求められないことだろう。

まずは後ろ取り（後背位）である。

美津もどうやら初めてらしく、期待と興奮に息を弾ませて尻を向けた。

千之助は後ろから先端を割れ目に押しつけ、ゆっくり挿入していった。

「アア……！」

ヌルヌルッと根元まで押し込むと、美津が白い背中を反らせて喘いだ。

彼も、確かに体の向きが違うだけで膣内の感触が新鮮に感じられた。

千之助は覆《おお》いかぶさり、両脇から回した手で、たわわに実る乳房を揉みしだきながら髪の匂いを嗅いだ。

ズンズンと腰を前後させると、股間に豊かな尻が密着して心地よく弾んだ。

なるほど、これが後ろ取りの良さなのだろう。

しかし、やはり顔が見えず唾液や吐息が貰えないのが物足りない。

彼は、後ろ取りの感触を味わっただけで身を起こし、ヌルッと引き抜いた。

「あう、止《や》めないで……」

快楽を中断された美津が不満げに言うが、千之助は彼女を横向きにさせ、上の脚を真上に差し上げた。

そして下の内腿に跨《また》がると、再び根元まで滑らかに挿入し、上の脚に両手でしがみついた。これは松葉くずしの体位である。

「アア、すごい……」

美津も新鮮な快感に喘ぎ、自分からクネクネと腰を動かした。

互いの股間が交差しているので密着感が高まり、擦れ合う内腿も実に滑らかで心地よかった。

千之助は何度か動いてから、また引き抜いて美津を仰向けにさせた。

今度は本手（正常位）で、みたびヌルヌルッと挿入すると、

「ああ……、もう抜かないで……」

美津が懇願《こんがん》し、下から両手を回して彼を抱き寄せた。

彼が脚を伸ばして身を重ねると、さらに美津は両脚まで彼の腰にからめ、下から両手脚でしっかりとしがみついてきた。

まだ動かずに屈み込み、豊かな乳房に顔を埋め込み、左右の乳首を交互に含ん

で舌で転がした。

さらに腋の下にも鼻を埋め、色っぽい腋毛に籠もる濃厚に甘ったるい汗の匂いに噎せ返った。

待ち切れないようにズンズンと美津が股間を突き上げはじめたので、千之助も徐々に腰を突き動かした。

大量の淫水で、すぐにも動きが滑らかになり、ピチャクチャと淫らな摩擦音が響いてきた。たちまち揺れてぶつかるふぐりまで生温かく濡れ、収縮が活発になっていった。

「アア、いきそうよ。もっと強く、何度も奥まで……」

美津が顔を仰け反らせて喘ぎ、巻き付けた両脚まで使って彼の股間を執拗に引き寄せた。

千之助も高まりながら、上からピッタリと唇を重ねて舌をからめた。

「ンンッ……！」

美津は熱く呻き、息苦しいようにすぐに口を離して喘いだ。

艶のあるお歯黒の間から漏れる吐息は熱く湿り気を含み、花粉のような悩ましい刺激で彼の鼻腔を搔き回した。

遠慮なく身を預け、胸で乳房を押し潰しながら動きを強めていった。

春本には、突くより引く方を意識すると良いと書かれていた。その方が、張り出した傘で内壁を擦ることが出来るのだろう。

さらに彼は春本を思い出し、浅く何度も小刻みに出し入れさせ、たまにズンと深く突き入れる動きを繰り返した。

これは九浅一深《くせんいっしん》という秘伝らしく、これが試せるほど千之助は女に慣れ、絶頂を堪《こら》えることが出来るようになっていた。

本当は茶臼《ちゃうす》（女上位）の方が好きなのだが、本手（正常位）だと自分から動け、危うくなると弱めることも自在に出来、延々と保てるのだった。

すると先に美津の方がガクガクと狂おしい痙攣《けいれん》を開始し、

「い、いっちゃう、気持ちいい……。アアーッ……！」

身を弓なりに反らせて口走り、気を遣《や》りながら彼を乗せたまま激しく腰を跳ね上げたのだ。

千之助は暴れ馬に乗っている気分で、抜けないよう懸命に動きを合わせながら収縮の中で昇り詰めていった。

「く……！」

突き上がる快感に呻き、大量の精汁をドクンドクンと勢いよく注入すると、

「あう、もっと出して……！」

噴出を感じた美津が駄目押しの快感に呻き、さらに中の精汁を飲み込むようにキュッキュッときつく締め付けてきた。

千之助は心ゆくまで大きな快感を嚙み締めながら、最後の一滴まで出し尽くしていった。

すっかり満足しながら徐々に動きを弱めていくと、

「ああ……、溶けてしまいそう……」

美津も満足げに言い、熟れ肌の強ばりを解いて力を抜くと、グッタリと身を投げ出していった。

彼も遠慮なく身体を預けて動きを止めると、まだ膣内では名残惜《なごりお》しげな収縮が繰り返され、刺激された幹がヒクヒクと中で過敏に跳ね上がった。

「あう、もう堪忍《かんにん》……」

美津も敏感になっているように呻き、キュッときつく締め付けてきた。

千之助は身を重ねたまま、熱く喘ぐ美女の口に鼻を押し込み、濃厚な花粉臭の吐息で胸を満たし、うっとりと余韻を味わったのだった。

五

「どれも良い出来です。やはり腕は確かですね」

千之助が細めの張り形と数珠を全て仕上げて届けると、待っていた朱里が、つぶさに吟味《ぎんみ》して言った。

もう日が傾き、座敷には夕餉が揃っている。もちろん隣の部屋には床が敷き延べられていた。

「あとは、また追ってお頼みしますので、まずはお疲れ様でした」

朱里が、銚子《ちょうし》を差し出して言う。

「私は、来月から小猫屋に住むことになりました」

盃《さかずき》を受けながら、千之助は言った。

「まあ、では武士の方も……」

「ええ、入り婿の話がどんどん進みまして、以後の仕事は小猫屋の方にてお願い致します」

「左様ですか。それはお目出度《めでと》う存じます」

朱里が笑みを含んで言い、彼も頭を下げて盃を干した。

そして料理をつまみながらも、千之助は股間を熱くさせ、早く朱里の熟れ肌を味わいたいと期待に胸を高鳴らせた。

「武家に未練はないのですね」

「ええ、父は死ぬまで仕官の望みを捨てなかったようですが、私の方は一向に」

「では、片付けやお掃除に茜をやりましょう。いえ、あまりお珠ちゃんの邪魔をしてはいけませんね」

「はあ、細工の道具の他は身一つですので、大した手間はかかりません」

確かに、もう役に立たない木屑《きくず》を捨てたら、持っていくのは二親の位牌《いはい》と僅《わず》かな着替えだけである。

父の代から使ってだいぶ傷んだ鍋釜や、欠けた茶碗に煎餅《せんべい》布団などは全て捨てることにし、大小の竹光も処分するが鍔《つば》や目抜き、柄頭《つかがしら》や縁金《ふちかね》などの金物だけはいくばくかになろう。

やがて料理を片付けると、朱里が手早く後片付けをし、

「では、こちらへ」

誘われて千之助も隣の部屋へ行った。

すでに行燈《あんどん》の灯《ひ》が点《つ》けられ、暮れ六つ（日暮れ）の鐘《かね》の音が聞こえてきた。

朱里は、肛門用に作った細い張り形や数珠も試してみたいと思ったが、それは新品のまま里の生娘たちへ届けるつもりだった。

朱里は帯を解き、たちまち一糸まとわぬ姿になると、彼も甘い匂いを感じながら手早く全裸になっていった。

彼女が仰向けになると、千之助も足裏に屈み込んで舌を這わせ、形良く揃った指の間に鼻を押しつけて嗅いだ。今日も美女の指の股は汗と脂に湿り、蒸れた匂いが馥郁と沁み付いていた。

千之助の知る女の中で最も年上の朱里には、顔も覚えていない亡母に対するような禁断の思いがあり、彼はムレムレの匂いを貪りながら爪先にしゃぶり付いていった。

もっとも、間もなく美津という若い義母が出来るのであるが。

彼は両足とも味と匂いを貪り尽くし、朱里の股を開かせて脚の内側を舐め上げていった。

滑らかな内腿をたどり、股間に顔を埋め込むと、恥毛には蒸れた匂いが濃く籠もっていた。舌を這わせると、すでに大量の淫水がヌラヌラと漏れているではないか。

淫法の達人なら、濡れるのは自在なのかも知れない。

千之助は熟れた匂いに酔いしれながら膣口の襞を探り、オサネまで舐め上げていった。

「アア……」

朱里が熱く喘ぎ、内腿でムッチリと彼の顔を挟み付けてきた。

彼は腰を抱え込んで、執拗にオサネを舐めてはヌメリをすすり、味と匂いを堪能してから朱里の両脚を浮かせて尻に迫った。

顔中を双丘に密着させて蕾に鼻を埋め、秘めやかな匂いを貪ってから舌を這わせ、ヌルッと潜り込ませた。

「く……」

朱里が小さく呻き、キュッと肛門で舌先を締め付けた。

千之助が中で舌を蠢かせ、滑らかな粘膜を味わうと、

「指を、そこに……」

彼女が言った。千之助は舌を引き離し、唾液に濡れた蕾に左手の人差し指を潜り込ませた。

ヌルヌルッと根元まで差し入れると、

「陰戸にも指を二本……」

言われて彼は右手の二本の指を膣口に潜り込ませ、それぞれの内壁を擦りながら再びオサネに吸い付いた。

「アア、いい気持ち……」

最も感じる三カ所を刺激され、朱里が熱く喘ぎながら、前後の穴で指を締め付けてきた。

千之助も指を蠢かせ、微妙に異なる穴の感触を味わった。

「も、もういい……。入れたい……」

朱里が息を弾ませて言い、彼も舌を引っ込め、前後の穴からヌルッと指を引き抜いた。

膣内に入っていた二本の指の間は粘液が膜を張り、攪拌《かくはん》されて白っぽく濁った淫水で指の腹がふやけてシワになっていた。肛門に入っていた指に汚れはないが微《かす》かに生々しい匂いが感じられた。

「どうか、上からお願いします」

千之助が言って仰向けになると、入れ替わりに朱里も身を起こした。

そして屈み込むと、張り詰めた亀頭にしゃぶり付き、粘液の滲む鈴口をチロチロと舐め回してくれた。

そのままスッポリと喉の奥まで呑み込み、幹を締め付けて吸い、念入りに舌をからめてきた。

「ああ……」

彼は快感に喘ぎ、朱里の口の中で唾液にまみれた幹を震わせた。

しかし彼女も唾液に濡らしただけでスポンと口を引き抜き、身を起こして前進してきた。

千之助の股間に跨がり、朱里は先端に濡れた陰戸を押しつけ、ゆっくり腰を沈めて膣口に受け入れていった。

ヌルヌルッと根元まで嵌まり込むと股間が密着し、

「アア……、いい……」

朱里は喘ぎながら身を重ねてきた。

彼は抱き留めながら両膝を立てて尻を支え、潜り込んで乳首に吸い付いた。

舌で転がし、甘ったるい体臭に噎せ返ると、顔中に豊かな膨らみが覆いかぶさってきた。

朱里は股間を擦りつけるように動かし、溢れる淫水ですぐにも律動が滑らかになっていった。

千之助もズンズンと股間を突き上げはじめ、両の乳首を味わいながら、たまにコリコリと前歯で刺激してやった。

乳首を味わい尽くすと腋の下に鼻を埋め込み、艶めかしい腋毛に籠もる濃厚な汗の匂いに酔いしれて快感を味わった。

すると朱里が上からピッタリと唇を重ね、ヌルリと舌を潜り込ませてきた。

彼も美女の息で鼻腔を湿らせながら舌をからめ、注がれる生温かな唾液でうっとりと喉を潤した。

突き上げを強めていくと、収縮と潤いが増し、

「アア、いきそう……」

朱里が口を離し、唾液の糸を引いて熱く喘いだ。

悩ましい白粉臭《おしろいしゅう》の吐息に鼻腔を刺激され、千之助も激しく高まり、たちまち絶頂が迫ってきた。

しかし、さすがに淫法の手練《てだ》れだけあり、美津のように先に気を遣ることもなく、彼が達するまで待ってくれているようだ。

しかも彼女に鼻の穴を舐められると、千之助は唾液と吐息の匂いで、たちまち昇り詰めてしまった。

「い、いく。気持ちいい……」

彼は肉襞の摩擦と締め付けの中で絶頂に達し、口走りながらありったけの熱い精汁をドクンドクンと勢いよくほとばしらせた。

「いい……、アアーッ……！」

噴出を感じながら朱里が喘ぎ、ガクガクと狂おしく全身を痙攣させて気を遣ってしまった。千之助は、吸い込まれるような収縮の中で快感を嚙み締め、心置きなく最後の一滴まで出し尽くしていった。

「ああ……」

すっかり満足しながら彼は声を洩らし、突き上げを弱めて力を抜いていった。

朱里も徐々に熟れ肌の硬直を解き、グッタリと身を重ねてきた。

互いの動きが止まっても収縮は続き、刺激された一物が中でヒクヒクと過敏に震えた。

そして彼は朱里の重みと温もりを受け止め、かぐわしい吐息を間近に嗅ぎながら、うっとりと快感の余韻に浸り込んでいった。

どこか遠くで、呼子《よびこ》の音がしていた。

昨今増えている盗賊に、武家屋敷か大店が襲われたのかも知れない。

「ああ、良かったです、とても……」

朱里が荒い息遣いで囁き、千之助も呼吸を整えながら、いつまでも膣内で幹をヒクつかせたのだった。

第四章　町人姿になっての夜

一

「千さん、間もなくお引っ越しですって？　お名残惜《なごりお》しいわあ」

「うちの子が大きくなったら手習いをお願いしようと思ってたのに」

昼過ぎ、千之助が長屋へ戻ると、井戸端で洗濯していたおかみさんたちが話しかけてきた。

すでに大家には言ってあるので、大家か、あるいは美津が皆に言ったのかも知れない。

「小猫屋へ婿入《むこい》りですってね」

そんなことまで詳しく知っているようだ。

「ええ、皆さんには大変お世話になりました。また引っ越しのときに、あらためてご挨拶《あいさつ》を」

千之助は辞儀をし、自分の部屋に入った。

昼餉《ひるげ》と湯屋を済ませ、その足で大小を処分したのである。

前に大小の刀身を買ってくれた刀屋で、まだ刀身も売れ残っていたから、柄《つか》と鞘《さや》ですぐ元の拵《こしら》えになるのに、いくらも払ってくれなかった。

それでも小猫屋からの賃金と、朱里たちからの報酬を合わせ、今は五両近い金があった。これだけあれば旨《うま》いものも食えたのだが、入金があったのは全て最近だし、忙しくて使う暇もなかった。

小猫屋へ入れば食い物には不自由しないし、今後は自分で使うこともないので持参金として全て美津に預けようと思っている。

美津に言われた根付も仕上がったので、あとは片付けと掃除だ。

米や味噌《みそ》醤油、頂き物の野菜などは間もなく全て空になってちょうど良い。

まずは必要な木片だけ別にし、大量の木屑《きくず》の掃除だ。

と、いきなり戸が開いて、

「御免」

栄之進が言って入ってきた。どうやらまだ江戸にいたらしい。

彼は、さらに荒《すさ》んだ顔つきになっていた。

「何だ、引き払うのか」

「はあ、月末で引っ越しです」

「刀が見当たらぬな。武士を辞めて商家の養子にでも入るか」

栄之進が言う。どうやら近所で噂《うわさ》を耳にしたのかも知れない。

「田代藩とはどうなった。あのべらぼうに強い小娘とか」

彼が顔をしかめて言う。よほど、茜に投げ飛ばされたことを根に持っているのだろう。

「細工物は全て納めたので、もう縁は切れております」

千之助は答えたが、もちろん入り婿になったところで、まだまだ朱里や茜母娘《おやこ》との縁は切りたくなかった。

「ふん、そうか」

「柴山さんは、これからどうなさるのです」

「どうなるかな。江戸を離れる前に、一旗揚げたいのだが」

栄之進が小さく嘆息して言う。

千之助は、財布から中身を見られないように、一両だけ出して渡した。

「剝《む》き出しで失礼ですが、餞別《せんべつ》にお受け取り下さい」

「なに……」

栄之進は、眉を険《けわ》しくさせた。

「これはどういうことだ」

「以前父がお世話になったようですし、これが私に出来る精一杯です」

千之助が言うと彼は、施《ほどこ》しなど受けぬ、と言おうとしたようだが小判を見て目の色が変わっていた。

そしてすぐに肩を落とすと、差し出された小判を手にし、袂《たもと》に入れて言うと、そのまま出て行った。

「忝《かたじけな》い」

足音が遠ざかると千之助は肩の力を抜き、また掃除を再開させた。

少し経つと、そこへ珠がやってきた。どうやらおかみさんたちも洗濯を終えたようで、誰にも見られなかったようだ。

「まあ、私がやります」

珠は言い、すぐにも襷掛《たすきが》けをして片付けを手伝ってくれた。

木屑を掃《は》き集めては外へ捨てにゆき、彼も要るものだけ振り分けた。

やがて一段落すると、珠も戸を閉めて内側から心張り棒を嚙ませた。そして土間で手を洗い、拭きながら上がり込んできた。

「あら、お刀は？」

「ああ、今日全て売ってしまったよ」

「そう、いよいよですね」

千之助が答えると、珠も彼の決意が嬉《うれ》しいように顔を綻《ほころ》ばせた。

「近々小猫屋を訪ねるので」

「ええ、その日からうちで寝泊まりを？」

「行ったその日からというのもけじめが付かないので、またここへ戻って、長屋の人たちに挨拶をして、月末になったら行くから」

「分かりました。じゃ挨拶に来る時、町人髷《まげ》にしておいて下さいね。おっかさんに言っておくので」

珠が浮かれ気味に言う。

そう、刀を処分するだけではなく、髷のこともあったのだ。

今は総髪だが、月代《さかやき》を剃《そ》って町人髷にしたら、刀を売る以上に、武士を捨てた実感が新たに押し寄せることだろうと千之助は思った。

元より家も名も、捨てて惜しいものは何一つない。

「ああ、そうしよう。名も、千之助は厳《いか》めしいので、千助にしようか」

「わあ、おかしいわ、千助さん」

珠がはしゃぎ、彼はムラムラと熱い淫気に包まれていった。

「じゃ脱ごうか」

千之助が言うと、珠も雑談を止《や》めて神妙な顔でこっくりした。心張り棒を嚙ませた時から、彼女も淫気と好奇心を湧かせていたのだろう。

先に全裸になると、彼は布団に横になって激しく勃起しながら、脱いでゆく珠を見つめた。

この可憐《かれん》な町娘が妻になるとは、実に感無量だった。

彼女も手早く脱ぎ去り、生ぬるい匂いを漂わせながら一糸《いっし》まとわぬ姿になっていった。

「してほしいことがあるんだけど」

「そんな、何でもこうしろって言って下さい。おっかさんと違って私は尻に敷いたりしないから」

仰向けのまま言うと、珠がにじり寄って答えた。

「じゃここに跨《また》がって座ってね」

下腹を指して言うと、珠が驚いたようにビクリと身じろいだ。

「そんな、跨ぐなんて、お武家で旦那《だんな》様になる人を……」

「もう武士じゃないし、まだ旦那でもないからね」

手を引いて言うと、珠も恐る恐る身を起こし、彼の下腹に跨がってきた。

そして腰を下ろすと、湿りはじめた割れ目が心地よく肌に密着した。

「脚を伸ばして顔に乗せて」

両の足首を摑《つか》んで引き寄せると、

「あん……」

珠は声を洩らし、彼が立てた両膝に寄りかかりながら、とうとう両足の裏を顔に乗せてくれた。

千之助は、美少女の身体の重みを受けながら陶然《とうぜん》となり、顔に乗せられた足裏に舌を這わせた。

「あう、信じられない、こんなことするなんて……」

珠が声を震わせ、座りにくそうに腰をよじるたび割れ目が彼の下腹に擦《こす》りつけられた。もちろん嫌がっていない証《あか》しに、密着する陰戸《ほと》が熱く濡れはじめてくるのが分かった。

千之助が両足の爪先に鼻を擦りつけて嗅《か》ぐと、立ち働いた直後なので、蒸《む》れた匂いが濃く感じられた。

充分に嗅いでから爪先にしゃぶり付き、両足とも全ての指の股に舌を割り込ませ、汗と脂《あぶら》の湿り気を貪《むさぼ》った。

「アアッ……、駄目。くすぐったい……」

珠が身悶《みもだ》えながら言い、やがて千之助は彼女の両足を顔の左右に置くと、手を握って引っ張った。

「顔に跨がって」

「は、恥ずかしいわ……」

言うと珠はむずがるように答え、それでも腰を浮かせて前進してきた。

やがて完全に顔に跨がり、厠《かわや》のようにしゃがみ込むと、白い内腿がムッチリと張り詰め、ぷっくりした陰戸が鼻先に迫った。

真下からの眺めは何とも艶《なま》めかしく、はみ出した花びらが蜜を宿して震えて開き、小粒のオサネも顔を覗《のぞ》かせていた。

千之助は腰を抱き寄せ、若草の丘に鼻を埋《うず》め込んでいった。

汗とゆばりの蒸れた匂いが鼻腔《びこう》を刺激し、割れ目内部を舐め回すと、溢《あふ》れる蜜汁ですぐにも舌の動きがヌラヌラと滑《なめ》らかになっていった。

二

「アア……。恥ずかしいけど、いい気持ち……」

珠が声を震わせて喘《あえ》ぎ、千之助にオサネを舐められるたび、力が抜けてキュッと座りそうになるのを、懸命に両足を踏ん張って堪《こら》えた。

チロチロと舌先で弾くようにオサネを刺激すると、蜜の量が格段に増し、とうとうツツーッと糸を引いて垂れてきた。

彼はヌメリをすすってから、珠の尻の真下に潜り込み、顔中に弾力ある双丘を受け止めながら谷間の蕾《つぼみ》に鼻を埋め込んだ。

秘めやかに蒸れた匂いを嗅いでから、舌を這わせてヌルッと挿《さ》し入れ、滑らかな粘膜を探ると、

「あう、駄目……」

珠が呻《うめ》き、きつく肛門で舌先を締め付けてきた。

千之助が可憐な町娘の前も後ろも充分に舐めると、気を遣《や》りそうになった珠はビクッと股間を引き離してきた。

珠は言い、自分から移動して彼の股間に陣取ってきた。

「今度は私の番よ」

彼女が真ん中に腹這いになって顔を寄せてきたので、千之助は両脚を浮かせて抱えた。

すると珠も察して、すぐにも尻の谷間に舌を這わせてくれた。

「わあ、湯上がりの匂い。自分だけずるいわ……」

彼女は詰《なじ》るように言いつつも、チロチロと肛門を舐め回し、ヌルッと潜り込ませてくれた。

「あう、気持ちいい……」

千之助は快感に呻き、美少女の舌先を肛門で締め付けた。

彼女も中で舌を蠢《うごめ》かせ、脚を下ろすとふぐりにもしゃぶり付いてきた。

二つの睾丸《こうがん》を充分に舌で転がしてから、さらに珠は前進して肉棒の裏側を舐め上げた。

滑らかな舌が先端に来ると、彼女は粘液の滲《にじ》む鈴口《すずぐち》を舐め回した。

そして張り詰めた亀頭を咥《くわ》え、モグモグとたぐるように喉の奥まで呑み込んでいった。

「ああ、いい……」

千之助は、温かく濡れた心地よい口腔に快感の中心部を包まれて喘ぎ、ヒクヒクと幹を震わせた。

珠も幹を締め付けて吸い、熱い鼻息で恥毛をくすぐりながら、口の中ではクチュクチュと念入りに舌をからめ、清らかな唾液にまみれさせてくれた。

ジワジワと高まりながら、小刻みに股間を突き上げると、

「ンン……」

喉の奥を突かれた珠が小さく呻き、さらにたっぷりと唾液を溢れさせながら、自分も顔を上下させ、スポスポと摩擦してくれた。

「い、いきそう。跨いで入れてみて……」

すっかり高まった千之助が言うと、珠もチュパッと口を離して顔を上げ、

「私が上に……？」

ためらいがちに言って身を起こしてきた。

「上の方が気ままに動けるし、痛かったら止めていいからね」

言うと珠は彼の股間に跨がり、ぎこちなく幹に指を添え、先端に陰戸をあてがってきた。

そして意を決したように息を詰め、ゆっくり腰を沈めていった。

張り詰めた亀頭が潜り込むと、

「あう……」

珠は微《かす》かに眉をひそめて呻いたが、あとは潤《うるお》いと重みに助けられ、ヌルヌルッと根元まで受け入れていった。

千之助は、きつい締め付けと肉襞の摩擦、熱いほどの温もりと潤いを感じながら快感を嚙み締めた。

「アア……」

珠も顔を仰《の》け反《ぞ》らせて喘ぎ、ぺたりと座り込んで完全に股間を密着させた。

しばし、真下から杭《くい》に貫かれたように硬直していたが、それでも初回ほどの痛みはないようである。

彼は両手を伸ばして抱き寄せ、両膝を立てて尻を支えた。

潜り込んで可憐な乳首にチュッと吸い付き、顔中に膨《ふく》らみを受け止めながら舌で転がした。

「ああ……。なんか、いい気持ち……」

珠が喘ぎ、締め付けを強めた。

初回は破瓜《はか》の痛みが全てだっただろうが、今は乳首への刺激も受け止めるように、彼の舌の動きに合わせて膣内が収縮した。

両の乳首を交互に含んで舐め回し、腋《わき》の下にも鼻を埋め込み、生ぬるく湿った和毛《にこげ》に籠もる、甘ったるい汗の匂いを味わった。

まだ動かず、千之助は彼女の頬を両手で挟んで引き寄せ、ピッタリと唇を重ねていった。

舌を挿し入れ、八重歯《やえば》のある歯並びを舐め回すと、彼女も歯を開いてチロチロと舌をからめてくれた。

滑らかな舌触りに高まり、ズンズンと小刻みに股間を突き上げはじめると、

「アア……」

珠が口を離して喘いだ。

「大丈夫？」

「ええ、最初ほど痛くないわ……」

訊《き》くと珠が答え、彼も徐々に動きを強めていった。

「唾《つば》を垂らして」

「で、出るかしら……」

喘ぎ続けで、口が渇いているように珠が答えた。

「酸っぱい蜜柑《みかん》を食べることを思って出して」

下から言うと、珠も懸命に唾液を分泌させ、愛らしい唇をすぼめると顔を寄せてきた。そして白っぽく小泡の多い唾液をトロリと吐き出してくれ、彼は舌に受けて味わい、うっとりと喉を潤した。

「ああ、何て美味《おい》しい」

「味がするのかしら……」

珠が不思議そうに言い、千之助はさらに、この世で最も清らかな唾液を垂らしてもらった。

その間も股間の突き上げは続き、溢れる蜜で動きが滑らかになっていった。

珠も無意識に腰の動きを合わせ、次第にピチャクチャと湿った摩擦音も聞こえてきた。

「ああ。何だか、いい気持ち……」

珠が喘ぎ、奥に芽生えはじめた感覚を探るように収縮を繰り返した。

千之助も絶頂を迫らせ、彼女の喘ぐ口に鼻を押し込み、濃厚に甘酸っぱい吐息を胸いっぱいに嗅ぎながら、徐々に動きを強めていった。

匂いと摩擦の刺激で、たちまち彼は激しく気を遣ってしまった。

「い、いく……！」

突き上がる快感に口走り、彼はありったけの熱い精汁をドクンドクンと勢いよくほとばしらせた。

「あ、熱いわ……。すごい……」

すると噴出を感じた珠も声を上げ、ヒクヒクと肌を震わせたのだ。

完全な絶頂ではないだろうが、すでに痛みはなく、好きな男と一つになっている悦《よろこ》びが全身を包み込んだようだ。

千之助は心ゆくまで快感を味わい、激しく動きながら最後の一滴まで出し尽くしていった。

「ああ、良かった……」

彼は満足しながら言い、徐々に突き上げを弱めて力を抜いていった。

珠も、いつしか精根尽き果てたようにグッタリとなり、遠慮なく身体を預けていた。

「大丈夫？　強く動いちゃったけど」

「ええ、なんか、大波が来るようで少し恐かったけど、もう痛くないし、気持ち良かった……」

訊くと珠は答え、まだ膣内をキュッキュッと締め付けていた。

過敏になった幹が中でヒクヒクと跳ね上がり、彼は珠の果実臭の吐息を嗅ぎながら、うっとりと余韻を味わったのだった。

三

「では、よろしくお願いします」

数日後の月末近く、千之助は日本橋の小猫屋を訪ね、茂助と美津を前にして言った。

もちろん傍《かたわ》らには珠も居て、嬉しげに頬を赤くさせていた。

朝一番で来たので、まだ開店前だ。

美津は元より、茂助も満面の笑みで千之助を迎えていた。まあ入り婿で、娘が遠くへ嫁《とつ》ぐのではないから気が楽なのだろう。

千之助は、三両の持参金も包んで美津に差し出した。これで、あとは一両と小銭だけが残った。

「これは些少《さしょう》ですが、お仕度に使って下さいませ」

「まあ、こんなに……。ええ、千さんのために仕舞っておきます」

美津はこんなに貯め込んでいたのかと驚いたように言い、一同は略式ながら滞《とどこお》りなく結納を終えたのだった。

やがて店を開けると、茂助と珠は店に出ていった。チラと珠が彼を振り返ったのは、武士の髪型の見納めと思ったのだろう。

美津は、千之助に着物や足袋《たび》を出してきた。

「これは私のおとっつぁんが若い頃に使っていたものですが、良ければ千さんに使って欲しいんです」

「有難うございます。助かります」

言われて、彼も遠慮せずに頂くことにした。何しろ今までは着古したものばかりだったので、全て処分するつもりである。

「じゃ、月末に長屋を引き払ったらうちへ住んで、すぐ吉日なので祝言《しゅうげん》にしましょうね」

「承知しました」

「お湯が沸いているけど、髷を変えていいかしら」

美津がソワソワして言うのは、やはり彼の気の変わらぬうち、少しでも早く武家と縁を切ってほしいのだろう。

「ええ、そのつもりで参りましたので」

千之助は答え、美津に誘われて湯殿へと行った。

小猫屋は立派な店構えで、敷地は八十坪ほど、周囲は黒塀に囲まれ、蔵はないが裏に小さな庭があった。やはり蔵が建つのは、米や材木などを扱う大手の商家だけである。

それでも間数は充分にあり、すでに美津は夫婦の部屋も決めているようだ。

風呂は、やはり火事を恐れて三日四日に一回ぐらいしか焚《た》かないが、今日は千之助の月代を剃るため、朝から沸かしてくれていたらしい。

「じゃ、着替えを置いていくので、あとで呼んで下さいな」

美津が言い、下帯《したおび》や手拭《てぬぐ》いを置いて店に行った。

これを脱いだら、湯上がりに新品の下帯と襦袢《ジュバン》、頂いた着物を着て、いま着ているものは捨ててもらって構わないと思った。

とにかく千之助は古い着物と下帯を脱ぎ去り、湯殿に入った。

身体を流し、湯に浸かって温まり、糠袋《ぬかぶくろ》で全身を洗った。

そして元結いを解いて髪を下ろし、盥《たらい》に汲《く》んだ湯で念入りに髪を洗った。

全て綺麗にすると美津を呼び、彼女もすぐに来てくれた。

美津は襷掛けをして裾《すそ》を端折《はしよ》ると、腰掛けに座った千之助に屈《かが》み込み、まずは剃刀《かみそり》を手に月代を剃ってくれた。

（ああ、いよいよ町人になるのか……）

千之助は感慨を込め、剃刀を使う美津に身を委《ゆだ》ねた。

もちろん自分だけ全裸ということもあり、美津の悩ましい吐息や体臭を感じるたびムクムクと勃起してきてしまった。

しばらく店は立て込む頃合いで、茂助や珠が湯殿まで見に来るようなことはないだろう。

美津は何度も剃刀を盥で漱《すす》ぎ、綺麗に月代を剃ってくれた。

一度湯を浴びせて流すと、今度は髪に櫛《くし》を入れ、町人髷に結うと、きっちりと元結いを縛ってくれた。

「まあ、良い男ぶりですよ」

ようだ。

美津が彼の顔を見つめて言い、月代を撫《な》で回した。そして彼の勃起に気づいた

「まあ、店に新造がいるってのに……」

彼女は言いつつも、たちまち淫気に目を輝かせた。

「でも、ここでするわけには……」

「ええ、じゃ少しだけ舐めさせて下さい」

千之助は答え、すでに端折られている美津の裾をさらにたくし上げた。

「アア、どうすればいいのかしら……」

「向こう向きで、お尻を突き出して」

千之助が言うと、美津は風呂桶《ふろおけ》のふちに両手を突いて前屈みになり、座ってい

る彼の方に尻を突き出してきた。

上が着衣なだけに、露《あら》わになった白く豊満な尻が何とも艶めかしかった。

彼は顔を寄せ、両の親指でムッチリと谷間を広げると、薄桃色の蕾に鼻を埋め

込んだ。

蒸れた匂いを貪ってから舌を這わせ、襞を濡らしてヌルッと潜り込ませると、

「あう……！」

美津が尻をくねらせて呻き、キュッと肛門で舌先を締め付けてきた。

千之助は豊かな双丘に顔中を密着させて舌を蠢かせ、淡く甘苦い粘膜を味わってから顔を引き離した。

「どうか、こっちを向いて下さい」

言うと美津は膝を震わせ、風呂桶のふちに摑まりながら、そろそろとこちらに向き直った。彼は美津の片方の足を浮かせてふちに乗せ、開いた股間に顔を埋め込んだ。

柔らかな茂みに鼻を擦りつけ、蒸れた汗とゆばりの匂いで胸を満たしてから割れ目に舌を這い回らせた。すでに大量の淫水が漏れて、舌の動きがヌラヌラと滑らかになった。

「アア……、いい気持ち……」

ツンと突き立ったオサネを舐めると、美津が今にも座り込みそうに腰をよじって喘いだ。

彼は執拗《しつよう》にオサネに吸い付いては、溢れるヌメリをすすり、味と匂いを堪能しながら指を膣口に潜り込ませた。膣内の天井にある膨らみを指の腹でコリコリと擦ると、

「あう、駄目、ゆばりが漏れそう……」

美津がガクガクと膝を震わせ、息を詰めて呻いた。

「いいですよ、出しても」

千之助が言い、なおもオサネを舐め回して指を蠢かすと、

「アア、出る……」

刺激された美津が口走り、同時に熱い流れがほとばしってきた。

彼はヌルッと指を引き抜き、陰戸に口を当てて流れを受け止めた。淡い匂いと味わいが感じられ、千之助はうっとりと飲み込んだ。

否応《いやおう》なく勢いが増すと口から溢れた分が温かく肌を伝い流れ、勃起した一物《いちもつ》が心地よく浸された。

店では、まさか湯殿でこのようなことが行われているなど、珠と茂助は夢にも思わないだろう。

やがて勢いが弱まり、間もなく流れが治まると、彼は悩ましい残り香の中で余りの雫《しずく》をすすった。割れ目内部に舌を這わせると、ゆばりと淫水の混じったヌメリが溢れてきた。

美津は声もなく、ただヒクヒクと熟れ肌を震わせていた。

あるいは小さく気を遣ってしまったのかも知れない。

ようやく彼が口を離すと、

「アア……」

美津は声を洩らして足を下ろし、力尽きたようにクタクタと腰掛けに座り込んでしまった。

千之助は顔を寄せ、唇を重ねてネットリと舌をからめた。美津も熱い息を籠もらせながら舌を蠢かせ、彼にしがみついてきた。

「ああ、変になりそう……」

美津が息苦しくなったように口を離し、淫らに唾液の糸を引きながら喘いだ。今日も熱く湿り気ある吐息は花粉のような刺激と、お歯黒の金臭い匂いを混じらせて悩ましく彼の鼻腔を掻き回した。

すると美津が、そろそろと彼の強《こわ》ばりに指を這わせてきた。

「入れたいけど、大きな声が出そうだから、お口で我慢して……」

彼女が囁き、千之助も身を起こして風呂桶のふちに腰を乗せた。

そして彼は座っている美津の顔の前で大股開きになり、ヒクヒクと幹を上下させた。

彼女は両手で拝むように幹を挟み付け、粘液の滲む鈴口をヌラヌラと舐め回すと、そのままスッポリと喉の奥まで呑み込んでいった。

「ああ、気持ちいい……」

股間に美女の熱い息を受けながら、千之助はうっとりと喘いだ。

同じ屋根の下に亭主も居るというのに、美津は上気した頬をすぼめて吸い付き念入りに舌をからめた。

千之助も禁断の快感に、ジワジワと絶頂を迫らせていった。

美津は指で幹の付け根やふぐりを探りながら、クチュクチュと執拗に舌を蠢かせ、さらに顔を前後させスポスポと摩擦してくれた。

「ああ、いく……」

たちまち彼は昇り詰めて口走り、熱い精汁をドクンドクンと勢いよくほとばしらせ、美津の喉の奥を直撃した。

「ク……、ンン……」

噴出を受け止めると、美津は小さく呻きながらもチューッと吸い出してくれたのだ。

「あう、すごい……」

何やらふぐりから直《じか》に吸い取られるような心地よさに彼は呻き、腰をよじって快感を嚙み締めながら、心置きなく最後の一滴まで出し尽くしていった。

千之助が満足しながら全身の強ばりを解いていくと、美津も摩擦と舌の蠢きを止め、口に溜まった精汁をゴクリと飲み干してくれた。

「く……」

キュッと締まる口腔の刺激に呻き、彼は駄目押しの快感を得た。

ようやく美津がスポンと口を離すと、なおも両手のひらで幹を錐揉《きりも》みにし、鈴口から滲む余りの精汁まで丁寧に舐め取ってくれたのだった。

「も、もういいです……」

千之助が言うと、ようやく美津も顔を上げ、チロリと舌なめずりした。

「ああ、飲んだの初めてよ。全然嫌じゃなかった……」

美津が熱い眼差《まなざ》しで言い、手桶の湯で陰戸を洗うと立ち上がって裾を直した。

彼は美津に顔を寄せて熱くかぐわしい吐息を嗅ぎながら、充分に余韻を味わったのだった。

「ゆばりを出しながら気を遣ってしまったわ。あんなの初めて……」

美津が囁き、やがて彼も股間を洗い、身体を拭いて湯殿を出たのだった。

四

「まあ、見違えるようだわ」

町人髷にした千之助が貰《もら》った着物に帯を締めて店に行くと、珠が目を見張って嬉しげに言った。

もちろん美津も、何事もなかったように顔を出し、ちょうど来ていた常連客たちに彼を紹介した。

「千助です。今後ともよろしくお願い致します」

千之助が言うと、

「まあ、どこでこんな良いお婿さんを見つけてきたの」

客たちも笑顔で言い、美津や茂助、珠たちに祝いの言葉を述べた。

美津も、ここで常連たちに披露《ひろう》しておけばたちまち噂が広がり、もう婿入りを望む男たちも諦《あきら》めるだろうという心算《つもり》のようだ。

やがて千之助は座敷に引っ込み、美津と珠が交代で昼餉の仕度をしてくれた。

そして昼餉を終えると、ここで彼はいったん帰ることにした。

「では月末に引っ越しを終えて、あらためて伺いますので」

千之助は美津と茂助に言い、長屋へ戻ってきた。

歩くと初春の風で月代が涼しく、竹光《たけみつ》とはいえ大小を帯びていないので何やら体がフラつくようだ。

「まあ、まさか千さん？」

「さっぱりしちゃって、いよいよ町人の仲間入りね」

井戸端にいたおかみさんたちが、目を丸くして口々に言った。

「はあ、何だか恥ずかしいです」

千之助は言い、自分の部屋に入った。

もうだいぶ片付けも終わり、不要なものは順々に処分しているので、髪型と同じく部屋の中もずいぶんさっぱりしてきた。

ここを引き払う日まで残り僅《わず》かで、あとは出来るところまで根付を彫るだけである。

すると日が傾く頃、大家が樽酒《たるざけ》を持ってきてくれ、長屋の人たちが料理を持って集まってきたのだ。千之助は驚き、図らずも顔なじみの皆と別れの宴《うたげ》が開かれたのである。

中には手習いに来ていた子供も成長し、近所に奉公に出ている顔ぶれも何人か来てくれた。

これも亡父の人徳なのだろう。

「そうか、これからは小猫屋の近くを通ったとき、そこへ余りの木切れを置いていけばいいいな。それにしてもお珠ちゃんは気立てのいい子だ、千さんも隅に置けねえな」

大工の棟梁《とうりょう》が言い、千之助もいつになく酒を過ごし、持ち寄りの料理で腹を満たした。

やがて夜半に皆は上機嫌で引き上げてゆき、千之助も馴染《なじ》んだ煎餅《せんべい》布団でぐっすり眠ったのだった。

夢うつつに、また遠くで呼子《よびこ》が鳴っていたような気がしたが、相変わらず盗賊で物騒な夜が続いているのかも知れない。

翌日、千之助は昼近くに起きたが、充分に寝たので酒は残っておらず、頭も重くなかった。

彼は余りの米と野菜、芋《いも》などで粥《かゆ》を作って食い、湯屋へ行って戻ってきた。

もうこれで、ほぼ食材も空になる。

と、そこへ朱里が訪ねて来たのである。

「失礼いたします」

彼女は言い、戸を閉めて心張り棒を噛ませ、上がり込んできた。

「ずいぶんとさっぱりなさいましたね。いよいよですね」

朱里が、彼の頭や室内を見て言う。

「ええ、昨日小猫屋へ言って挨拶してきました。もう間もなくです」

千之助は答え、彼女が心張り棒を噛ませたので期待に股間がムズムズと疼《うず》いてきた。

祝言が決まっても、まだまだ他の女との縁は切れていないようである。

「左様ですか、お目出度《めでと》うございます」

彼女は答え、持って来た包みを開いた。差し出されたのは、また黄楊《つげ》の丸木である。

「もう一本だけ、張り形をお願いしたいのです」

朱里が言う。どうやら里の生娘《きむすめ》への追加分らしい。

「はい、前と同じものでよろしいですか」

「ええ、千之助様の一物でお願いします。いつ頃出来ましょうか」

「すっかり慣れた形ですし、いま急ぎの根付はないので、すぐにかかれます。明日の夜か、遅くても明後日《あさって》の昼には」

「では、明後日の昼過ぎに、あの家へお持ち下さいませ」

「承知致しました」

千之助は答え、丸木を受け取った。

「いよいよ小猫屋の若旦那で忙しくなりましょうから、今日はどうか見納めに」

朱里が言い、立ち上がって帯を解きはじめた。

「見納めなどと言わないで下さいませ。これからも何かと暇を見つけますので、どうかよろしくお願いします」

千之助も脱ぎながら答えた。

さすがに朱里も淫法の手練《てだ》れともなれば、貞操より快楽を優先させてくれることだろう。

先に全裸になった彼が布団に仰向けになると、彼女も手早く一糸まとわぬ姿になって迫り、いきなり屹立《きつりつ》した一物に顔を寄せてきた。

「実に良い形です。里の娘たちも悦ぶことでしょう」

朱里が言い、幹に指を這わせてきた。

生娘が使うのだから、大きすぎないということなのだろうが、もちろん彼にとっても嬉しいことである。見も知らぬ山奥の里の生娘たち、全ての初物を彼が頂くようなものなのだ。

朱里は幹から手を離すと、彼の両脚を浮かせて尻の谷間を丸見えにさせた。

そして太腿にキュッと歯を立て、小刻みに尻まで移動してきた。

「あう、気持ちいい……」

千之助は美女の歯並びを肌に感じ、甘美な刺激に呻いた。

甘嚙みされるのは、くすぐったいような痛いような微妙な快感があり、自然にクネクネと身悶えてしまった。

朱里は双丘の丸みをキュッキュッと嚙んでから、谷間に舌を這わせてきた。

熱い鼻息でふぐりがくすぐられ、チロチロと肛門が舐められ、充分に唾液に濡れると舌先がヌルッと潜り込んだ。

「く……」

千之助は呻き、モグモグと美女の舌先を味わうように肛門を締め付けた。

中で執拗に舌が蠢くたび、勃起した幹がヒクヒクと上下し、鈴口から粘液が滲んできた。

ようやく舌が離れると脚が下ろされ、朱里はふぐりにしゃぶり付いた。

舌で二つの睾丸を転がし、時にチュッと吸い付かれると、急所だけにビクリと彼の腰が浮いた。

やがて袋全体を温かな唾液にまみれさせると、彼女は胸を突き出し、乳房の谷間に肉棒を挟み、両側から手で揉んでくれた。

「ああ、いい……」

肌の温もりと膨らみの柔らかさに挟まれ、彼は一物を揉みくちゃにされながら喘いだ。

やがて胸を離すと朱里は肉棒の裏側を舐め上げ、粘液の滲む鈴口をしゃぶり、スッポリと喉の奥まで呑み込んでいった。

「アア……、気持ちいい……」

千之助は快感に喘ぎ、美女の口腔の温もりに包まれて幹を震わせた。

朱里は熱い息を股間に籠もらせながら、念入りに舌をからめて唾液にまみれさせ、スポスポと摩擦して肉棒を貪った。

彼もズンズンと股間を突き上げて高まり、

「い、いきそう……」

危うくなって口走ると、スポンと朱里が口を離した。

そして横になってきたので、入れ替わりに千之助は身を起こし、彼女の足裏に舌を這わせ、指の間に鼻を割り込ませて蒸れた匂いを貪った。

両足とも、全ての指の股に籠もる汗と脂の湿り気を味わい、やがて脚の内側を舐め上げて股間に迫っていった。

先に、自分がされたように彼は朱里の両脚を浮かせ、白く豊かな尻の谷間に鼻を埋め込んだ。秘めやかな匂いを嗅いでから舌を這わせ、ヌルッと潜り込ませて滑らかな粘膜を探った。

五

「ああ……、もっと奥まで……」

朱里が、キュッと肛門で千之助の舌を締め付けながら喘いだ。

やはり一物を受け入れるだけあり、深くまで感じるのだろう。

しかし舌では限界があり、それでも何とか出し入れさせて粘膜を味わうと、鼻先にある陰戸からトロトロと大量の淫水が漏れてきた。

彼は朱里の脚を下ろし、滴《したた》るヌメリを舐め取りながら割れ目内部に舌を這わせ、膣口の襞をクチュクチュ掻き回し、ゆっくりオサネまで舐め上げていった。

「アアッ……、いい気持ち……」

朱里がビクッと顔を仰け反らせて喘ぎ、内腿でムッチリと彼の両頬を挟み付けてきた。

茂みに鼻を埋め込んで嗅ぐと、今日も汗とゆばりの蒸れた匂いが濃厚に沁み付き、悩ましく鼻腔が刺激された。

そしてヌメリを舐め取ってはオサネを吸い、味と匂いを貪るうち朱里の白い下腹がヒクヒクと波打ってきた。

「い、入れて……」

朱里が言い、彼も身を起こして股間を進めた。

千之助は幹に指を添えて先端を割れ目に擦りつけ、潤いを与えてからゆっくり膣口に挿入していった。

ヌルヌルッと根元まで呑み込まれると、

「アア……！」

朱里が熱く喘ぎ、両手で彼を抱き寄せてきた。

千之助も熟れ肌に身を重ね、股間を密着させながら屈み込んで左右の乳首を吸い、念入りに舌で転がした。

突き立った乳首をコリコリと前歯で刺激すると、

「あう、もっと強く……」

彼女がキュッと膣内を締め付けながらせがみ、千之助も充分に両の乳首を愛撫し、心ゆくまで顔中で豊かな膨らみを味わった。

腋の下にも鼻を擦りつけ、柔らかな腋毛に籠もる濃厚に甘ったるい汗の匂いに噎《む》せ返り、興奮に任せて腰を突き動かした。

「ああ、いい気持ち、もっと深く……」

朱里が下から両手で彼にしがみついて言い、自分もズンズンと股間を突き上げはじめた。

肉襞の摩擦と締め付けが何とも心地よく、彼は温もりと潤いの中で高まりながら、やはり茶臼《ちゃうす》（女上位）になりたいと思った。

すると、彼の心根を読んだように朱里が突き上げを止め、

「下になりたいですか？」

言うので千之助が頷《うなず》くと、朱里は両手ばかりでなく、両脚まで彼の腰にからめ

てきた。

そして朱里が身を弓なりに反らせると同時に、千之助の視界が反転し、一瞬のうちに彼女が上になっていたのだった。

「うわ……」

彼は驚きに声を洩らし、仰向けになって上からの美女の重みと温もりを受け止めていた。まるで全身が、逆立ち独楽《ごま》にでもなったような気分である。

とにかく好きな茶臼になり、彼は下から両手でしがみつき、膝を立てて豊満な尻を支えた。

朱里も彼の肩に腕を回し、ピッタリと体の前面を密着させて腰の動きを再開させた。

千之助も股間を突き上げて動きを合わせながら、下から彼女の顔を引き寄せて唇を重ねた。朱里はヌルリと舌を潜り込ませ、ネットリとからみつけながら膣内の収縮を強めていった。

溢れる淫水が互いの股間をビショビショにさせ、彼の肛門まで伝い流れて温かく濡らした。そして彼がせがむ前に、朱里はトロトロと口移しに大量の唾液を注ぎ込んでくれた。

千之助は生温かく小泡の多い美女の唾液を味わい、うっとりと喉を潤した。

さらに口を離し、彼女の喘ぐ口に鼻を押し込んで熱く湿り気ある吐息を胸いっぱいに嗅いだ。

濃厚な白粉臭《おしろいしゅう》の刺激が鼻腔を掻き回し、彼は胸を満たしながら急激に絶頂を迫らせた。

何しろ昨日は美津を相手に口でしてもらったが、挿入はしていないのである。

そして今日は、町人髷にしてから初めての情交だった。

激しく股間を突き上げながら、息の匂いと襞の摩擦の中で、たちまち彼は昇り詰めてしまった。

「い、いく。気持ちいい……」

千之助は絶頂の快感に貫かれながら口走り、ありったけの熱い精汁をドクンドクンと勢いよくほとばしらせた。

「いい……、アアーッ……！」

奥に噴出を感じた途端に朱里が声を上ずらせ、ガクガクと狂おしい痙攣《けいれん》を開始した。あるいは彼が果てるまで待っていてくれたのかも知れない。そして気を遣った時のように膣内の収縮が最高なので、決して演技ではなく朱里も昇り詰めているのが分かった。

千之助は、吸い込まれるような収縮と締め付けの中、溶けてしまいそうな快感を噛み締め、心置きなく最後の一滴まで出し尽くしていった。

出しきってもなお股間を突き上げ続け、やがて力尽きて動きを止めると、

「ああ……」

朱里も満足げに声を洩らし、熟れ肌の強ばりを解くと、力を抜いてグッタリともたれかかってきた。

まだ膣内がキュッキュッと締まり、過敏になった幹が中でヒクヒクと跳ね上がった。

千之助は朱里の重みを受け止め、熱くかぐわしい吐息でうっとりと胸を満たしながら快感の余韻に浸り込んでいった。

「良かった……。町人髷の初物を頂いてしまいました……」

朱里が熱い息を弾ませて囁き、やがて互いに呼吸を整えると、懐紙《かいし》を手にしてそろそろと身を起こしていった。

股間が離れると朱里は陰戸を拭き清めながら移動し、淫水と精汁にまみれた亀頭にしゃぶり付いてくれた。

「あう……」

千之助は唐突な刺激に呻き、また身を強ばらせた。

朱里は、念入りに舌をからめてはヌメリをすすり、何度か頬をすぼめて吸い付いた。

「く……、もういいです……」

彼は降参するように腰をよじり、幹を過敏に震わせながら言った。

朱里は口で完全に一物を綺麗にすると顔を上げ、身を起こして手早く身繕《みづくろ》いをした。

千之助は魂《たましい》が抜けたように身を横たえ、朱里の淀《よど》みない所作を見つめていた。

「では、張り形をよろしくお願いします」

朱里が辞儀をして言うので、彼もようやく身を起こして着物を羽織り、出てゆく彼女を送り出したのだった……。

——翌日、千之助は一歩も外へ出ず張り形作りに没頭していた。

もう長屋の面々とも別れの宴をしたので、訪ねてくるものもいない。

そして夜までに張り形を仕上げ、翌日は磨きをかけて細部の修正をし、完成したのだった。

残り少ない食材で昼餉を済ませると、もちろん情交を期待して湯屋へ行き、仕上がった張り形を包んで長屋を出た。

母娘の隠れ家を訪ねると、朱里ではなく茜が待っていた。

（今日は茜さんか……）

母娘で、彼をどのように扱うかを申し合わせているのかどうか分からないが、とにかく千之助は茜への淫気を全開にして上がり込んだ。

「お疲れ様です」

茜は端座して彼を迎え、出来上がった張り形を確認した。

もちろん隣の部屋には床が敷き延べられているので、彼は急激に勃起してしまった。

「お見事な出来です。有難うございました」

茜が言って張り形を包みに戻し、一両小判を差し出してきた。

「もうそんなに結構ですので」

「いいえ、どうかお受け取り下さいませ」

茜が言い、千之助も有難く受け取った。

と、そのとき誰かが訪ねて来たのだが、茜は承知していたように立って戸口まで出迎えた。

そして戻ってくると、何と珠も一緒に入って来て、千之助に笑みを向けたではないか。

どうやら二人は最初から約束していたらしく、千之助は今日の情交はなく三人でのお話だけかと、急にガッカリしたのだった。

第五章　娘二人と目眩《めくるめ》く快感

一

「さあ、揃ったので脱ぎましょう」

茜が言って帯を解きはじめると、珠も布団の部屋に行って脱ぎはじめたではないか。

「え……。さ、三人で……?」

千之助は目を丸くし、今日の情交は無理かと失望したばかりなのに、急に好奇心が湧いてきた。

「ええ、お珠ちゃんが、もっと深く男のことを知りたいと言うので、私が一緒に教えることになったのです」

脱ぎながら茜が言い、珠も期待と興奮に頬を染めて、みるみる肌を露《あら》わにしていった。

「さあ、千さんも早く」

珠が言い、千之助も隣の部屋へ行って帯を解き、手早く全裸になった。

どうやら冗談ではなく本当に二人は、彼の身体を使って情交のことを教えたり学んだりするつもりのようだ。

（お、女を二人いっぺんに相手など……）

彼は度肝《どぎも》を抜かれながらも、妖《あや》しい興奮に包まれて、先に柔らかな布団に仰向けになっていった。

春本《しゅんぽん》にも男一人に女二人という構図が載っていたが、それは稀《まれ》に恵まれた大金持ちだけのことである。

しかし、これは現実のことであり、二人ともやる気満々のようだ。

一度は失望に萎《な》えかけた彼自身も、今はかつてないほどピンピンに突き立ち、破裂しそうなほど亀頭が張り詰めていた。

やがて娘たち二人も、混じり合った甘ったるい匂いを揺らめかせながら、一糸《いっし》まとわぬ姿になっていった。

「まあ、こんなに勃《た》って……」

彼の股間を見て、珠が目を輝かせて言った。昔からの仲良しらしく、茜が彼に触れることも全く嫌ではなさそうである。むしろ珠は姉貴分の茜から、もっと色々なことを教わりたいようだった。

二人は、まず千之助を布団に仰向けにさせた。

「じっとしていて下さいね。先に私たちが好きなようにしますので」

茜が言い、彼は二人分の視線を受けながら、何をされるのかと期待に胸を高鳴らせて身を投げ出していった。

すると、何と二人はいきなり彼の足裏に屈《かが》み込み、同時に舌を這わせてきたのである。

申し合わせたように両の足裏が舐められ、しかも二人は彼の爪先にしゃぶり付き、指の股に順々に舌を割り込ませてきたのだった。

「あう、いいよ、そんなこと……」

千之助は、申し訳ないような快感に呻《うめ》いて言った。

しかし二人は念入りに貪《むさぼ》り、どうやら彼を悦《よろこ》ばせるよりも、自分たちの意思で男の隅々まで賞味するつもりらしい。

たしかに足指をしゃぶられるのは初めてで、それは生温かなヌカルミでも踏むような妖しい快感があった。

どうやら茜は、男も体の隅々まで感じることを珠に教えているのだろう。

やがて両足ともしゃぶり尽くすと、茜が彼を大股開きにさせ、二人で脚の内側を舐め上げてきた。

内腿を舐めると、二人はキュッと軽く歯を食い込ませてきた。

「あう、もっと……」

千之助は甘美な刺激に呻き、屹立《きつりつ》した幹をヒクつかせた。

すでに鈴口《すずぐち》は滲《にじ》む粘液に濡れはじめている。美女二人を相手にし、受け身一辺倒になるのはゾクゾクするような興奮であった。

二人は内腿の付け根まで来て、熱い息を混じらせたが、そこで茜が彼の両脚を浮かせて尻を突き出させた。

先に手本でも示すように茜がチロチロと尻の谷間を舐め、ヌルッと潜り込ませてきた。

「く……！」

千之助は呻き、モグモグと茜の舌先を肛門で締め付けた。

茜も、中で舌を蠢《うごめ》かせてから離れると、すかさず珠が同じようにしてきた。女同士の唾液に濡れていても、全く嫌ではないらしい。

立て続けに舌が潜り込むと、それぞれの感触や温もりの微妙な違いが分かり、彼はそのどちらにも激しく感じた。

珠が舌を引き離すと脚が下ろされ、二人は再び彼の股間に顔を寄せ合い、同時にふぐりにしゃぶり付いてきた。

睾丸《こうがん》がそれぞれの舌で転がされ、熱い息を籠もらせながら、二人は混じり合った唾液で袋全体を生温かくまみれさせた。

「ああ……」

千之助は、夢のような快感に喘《あえ》ぎ、何やら一物《いちもつ》を刺激される前に暴発しそうなほど高まってしまった。

いよいよ次は一物かと期待したが、二人は中心部を離れ、彼の脇腹を舐め上げてきた。

どうやら肝心な部分を最後に取っておくという、日頃の千之助と同じような順序で愛撫しているようだ。

脇腹から腋の下は、くすぐったいような刺激があり、否応《いやおう》なく彼の全身はクネクネと悶《もだ》えた。

そして二人は同時に、彼の左右の乳首に吸い付いてきたのである。

熱い息で肌がくすぐられ、チロチロと舌が這うと、左右同時だから絶大な快感があった。ここも愛撫されるのは初めてだが、男でも実に乳首が感じることを彼は知った。

さらに二人は、両の乳首をキュッと噛んでくれたのである。

「あう、もっと強く……」

千之助は、痛み混じりの甘美な刺激に呻いた。

すると二人もキュッキュッと、やや力を込めて左右の乳首を愛撫してくれた。

さらに茜と珠は胸から腹を舐め下りてゆき、ナメクジでも這ったような唾液の痕《あと》が縦横に印された。

いよいよ二人の舌は股間の中心部に来て、幹の裏側と側面が舐め上げられた。

一緒に先端まで舌を這わせると、交互に粘液の滲む鈴口が舐められ、先に茜がスッポリと呑み込んできた。

「アア……、気持ちいい……」

千之助は身を強《こわ》ばらせて喘ぎ、茜も幹を締め付けて吸い、舌をからめて唾液に濡らしてくれた。そして吸い付きながらスポンと引き抜くと、すぐにも珠が舌を這わせて深々と含んだ。

　これも微妙に異なる口腔《こうこう》の温もりと舌の感触に、彼は激しく絶頂を迫らせた。

　珠もクチュクチュと舌を蠢かせ、チュパッと引き抜くと、今度は二人同時にチロチロと亀頭をしゃぶり始めたのだ。

　何やら美しい姉妹が一本の千歳飴《ちとせあめ》でも舐めているようだ。

「い、いきそう……」

　千之助は降参するように腰をよじって言ったが、二人は強烈な愛撫を止めようとせず、どうやらこのまま一回果てさせるつもりのようだ。

　それなら、と彼も我慢するのを止めて愛撫を受け止めた。どうせ二人も居るのだからすぐにも、いや何回でも出来るに違いない。

　珠の妬心《としん》が心配であったが、彼女は茜のすることを全く気にする様子もなく、女二人で彼を相手に無邪気《むじゃき》に遊んでいるようだ。

　二人が交互にスポスポと亀頭をしゃぶると、とうとう千之助は我慢のしようもなく激しく昇り詰めてしまった。

「い、いく……。アアッ……！」

　大きな絶頂の快感に喘ぎながら、熱い大量の精汁をドクンドクンと勢いよくほ

とばしらせると、

「ンンッ……！」

ちょうど含んでいた珠が喉の奥を直撃されて呻き、噎《む》せそうになって口を離した。すかさず茜が亀頭にしゃぶり付き、頬をすぼめて余りの精汁をチューッと吸い出してくれたのだ。

「あうう、すごい……」

魂《たましい》まで吸い取られるような快感に彼は呻き、心置きなく最後の一滴まで出し尽くしていった。そして満足げにグッタリと身を投げ出すと、ようやく茜もスポンと口を離した。

なおも茜が余りを絞るように幹をしごき、白濁《はくだく》の雫《しずく》の浮かぶ鈴口を舐め回すと、珠も一緒になって舌を這わせてきた。もちろん珠も口に飛び込んだ濃厚な第一撃は飲み込んでいた。

「く……、も、もういい……」

千之助は二人がかりの舌遣《したづか》いにクネクネと腰をよじり、幹を過敏にヒクつかせて降参した。

すると二人も顔を上げ、やっと彼も安心して力を抜いたのだった。

「どうします、一度三人で水を浴びますか」

茜が言うが、まだ彼は余韻の中で立ち上がる気力が湧かない。それに二人の匂いを消してしまうのはあまりに惜しい。

「いえ、このまま続けましょう。二人の足を顔に乗せて下さい……」

息を弾ませながら言うと、茜も頷《うなず》き、珠と一緒に身を起こしてきた。

二

「わあ、いいのかしら、変な気持ち……」

珠が好奇心いっぱいに声を震わせ、そろそろと足を浮かせて千之助の顔に乗せてきた。茜も同じようにし、フラつく茜を支えてやった。

仰向けの千之助は、顔の左右に立つ二人を真下から見上げ、圧倒されながら何とも言えない興奮に包まれた。

二人分の足裏を顔中に受け、それぞれに舌を這わせ、指の間に鼻を押しつけて嗅《か》ぐと、どちらも濃厚に蒸《む》れた匂いを沁み付かせていた。

鼻腔を刺激されながら交互に爪先にしゃぶり付くと、二人とも指の股には汗と脂《あぶら》の湿り気が籠もり、似たような味わいがあった。

貪りながら見上げると、どちらの陰戸《ほと》も蜜を溢《あふ》れさせているようだ。

足を交代してもらい、新鮮な味と匂いを堪能するうち、たちまち彼自身はムクムクと回復していった。

やがて二人分の足指を味わい尽くすと、

「では、顔にしゃがんで……」

真下から言うと、やはり姉貴分の茜が先に跨《また》がってきた。

ゆっくりしゃがみ込むと、白い内腿がムッチリと張り詰め、濡れた陰戸が鼻先に迫った。

千之助は茜の腰を抱き寄せ、茂みに鼻を埋《うず》め込み、蒸れた汗とゆばりの匂いでうっとりと胸を満たしながら舌を挿《さ》し入れていった。

珠は、自分の許婚《いいなずけ》が他の女の股を舐めても嫌そうにせず、興味津々《しんしん》で覗《のぞ》き込んでいた。

あるいは茜が術でも使い、すっかり珠を言いなりにさせているのでは、とさえ彼は思った。彼は茜の陰戸を舐め回し、ヌメリをすすってからチュッとオサネに吸い付いた。

「く……！」

茜がビクリと反応して呻いたが、やはり珠の手前激しく喘ぐようなことは控えているのかも知れない。

味と匂いを貪って尻の真下に潜り込み、弾力ある双丘を顔中に受け止めながら尻の谷間にも鼻を埋め込んで嗅いだ。

秘めやかに蒸れた匂いを味わい、舌を這わせてヌルッと潜り込ませると、茜が息を詰め、キュッと肛門で舌先を締め付けた。

中で舌を蠢かせ、滑《なめ》らかな粘膜を味わっていると、やがて茜は腰を浮かせ、珠のために場所を空けた。

待ちかねたように珠が跨がり、ためらいなく厠《かわや》に入るようにしゃがみ込んだ。

ぷっくりした陰戸が鼻先に迫ると、悩ましい匂いを含んだ風が生ぬるく顔を撫《な》でた。

珠の陰戸は茜以上に濡れ、鼻と口を埋めると濃厚に蒸れた匂いが鼻腔を刺激してきた。匂いを貪りながら舌を這わせ、清らかな蜜をすすって膣口からオサネまで舐め上げた。

「あん……、いい気持ち……」

珠が喘ぎ、思わずキュッと彼の顔に座り込んできた。

千之助は心地よい窒息感に包まれながら舌を這わせ、もちろん尻の真下にも潜り込み、可憐《かれん》な蕾《つぼみ》の匂いと味を堪能した。

舌を潜り込ませて粘膜を探り、再び濡れた陰戸に吸い付いていくと、

「あう、何だか漏らしそう……」

刺激され、急に尿意を催《もよお》したように珠が呻いた。

「か、厠へ……」

珠が腰を浮かせて言うので、慌てて千之助も起き上がり、

「では井戸端へ」

と言うと茜も承知して立ち上がった。三人で裏の井戸端へ行き、彼は簀《す》の子《こ》に座り込み、二人を左右に立たせた。

「肩を跨いで、二人で浴びせて」

言うと茜が右の肩に跨がって顔に股間を向け、珠も戸惑いながらそろそろと彼の左肩に跨がって同じようにした。

「まさか、ここで出すの……？」

「ええ、千之助様が望んでいるのだから、遠慮なく」

珠が言うと、茜が言って下腹に力を入れ、尿意を高めはじめた。

千之助は左右から迫る陰戸に、交互に顔を向けて舌を這わせた。

茜の割れ目を舐めると、すぐにも奥の柔肉が迫《せ》り出すように盛り上がり、味わいと温もりが変化してきた。

「ああ、出る……」

茜が言うなり、チョロチョロと熱い流れがほとばしってきた。

「まあ、本当に出してる……」

それを見た珠が息を呑んだが、漏れそうと言っておきながら、さすがになかなか出ないようだ。それでも、後になると注目されて恥ずかしいからと、何とか茜が出しきる前に懸命に力んだ。

そして何度か大きく呼吸しているうち、

「あう、出ちゃう……」

珠が言うなりか細い流れが彼の肌を温かく濡らしてきた。

千之助は顔を向け、珠の流れを口に受けて味わった。その間もまだ茜の流れは続き、心地よく肌に注がれていた。

どちらも味と匂いは淡く、抵抗なく喉に流し込むことが出来た。

温かく肌を這い回るゆばりを浴び、すっかり元の大きさと硬さを取り戻した一物が心地よく濡れた。

千之助は交互に口に受けていたが、やがて茜の流れが治まり、珠も勢いを弱め、間もなく終わってしまった。

彼は代わる代わる顔を向けてポタポタ滴《したた》る余りの雫をすすり、混じり合った残り香に酔いしれてヒクヒクと幹を震わせた。

「ああ……、こんなことするなんて……」

珠が声を震わせて言いながらも、新たな蜜汁を溢れさせていた。

やがて二人が股間を引き離すとしゃがみ込み、彼は井戸水を浴びた。二人には股間だけ洗わせた。

何しろまだ臍《へそ》から上は味わっていないのだから、彼は生の体臭が味わいたいのである。

身体を拭き、三人で部屋に戻ると、また千之助は仰向けになった。

「じゃ、先に入れますね」

茜が言い、屈み込んで亀頭を咥《くわ》え、たっぷりと唾液を出しながら念入りに舌をからめた。充分に唾液にまみれると顔を上げ、前進して跨がり、先端をゆっくり膣口に受け入れていった。

珠も、手本を見るように真剣に繋《つな》がる様子を覗き込んでいた。

「アア……！」

ヌルヌルッと根元まで受け入れると、股間を密着させた茜が顔を仰《の》け反《ぞ》らせて喘いだ。千之助も肉襞の摩擦と温もりに包まれ、股間に重みを受けながら快感を味わった。

茜はしゃがみ込んだまま、巧みに腰を上下させはじめた。疲れるだろうにと思ったが、鍛えられた体は、快楽だけを受け止めているようだ。

溢れる淫水にクチュクチュと音がし、千之助も高まってきたが、さっき二人の口に出したばかりだから暴発の心配はなさそうである。

そして茜も、珠に手本を示しながら、彼が果ててしまう前に終えるつもりのようだった。

「すごい……」

珠も息を呑み、茜の上下運動に目を見張っていた。

「あう、いく……！」

たちまち茜がガクガクと痙攣《けいれん》して呻き、激しく気を遣《や》ったようだ。

もちろん絶頂を早めたのだろうが演技ではなく、その心地よさが表情や全身の蠢きからも分かった。

「アア……」

茜が喘ぎ、ようやく両膝を突くと身を重ね、そのままゴロリと寝返りを打って横になった。

すると珠が恐る恐る身を起こして跨がり、茜の淫水にまみれて淫らに湯気を立てている先端に濡れた陰戸を押し当ててきた。

息を詰めてゆっくり腰を沈めると、彼自身は、やはり感触と温もりの異なる膣内にヌルヌルッと呑み込まれていった。

「アアッ……、奥まで感じるわ……」

珠が股間を密着させて座り込み、熱く喘いだ。

もちろん珠は茜のように、しゃがみ込んだまま激しく腰を上下させることは出来ず、すぐにも身を重ねてきたので、彼も両手で抱き留め、膝を立てて尻を支えた。

そして千之助は潜り込み、珠の乳首にチュッと吸い付いて舌で転がし、添い寝している茜の胸も引き寄せ、そちらの乳首も味わった。

やがて二人分の乳首を味わい、顔中で柔らかな膨《ふく》らみを感じてから、千之助はそれぞれの腋の下にも鼻を埋め込み、和毛《にこげ》に籠もる濃厚に甘ったるい汗の匂いに噎せ返った。

二人分の体臭に酔いしれながら、やがて彼はズンズンと珠の膣内に股間を突き上げはじめていったのだった。

三

「アア……。い、いい気持ち……」

珠が熱く喘ぎ、無意識に動きを合わせて腰を遣いはじめた。

千之助は珠の顔を抱き寄せて唇を重ね、チロチロと舌をからめながら横から茜の口も引き寄せた。

茜も厭《いと》わず舌を割り込ませ、彼は二人分の舌を味わうことが出来た。

何と贅沢《ぜいたく》な快感であろうか。

混じり合った熱い息が彼の鼻腔を心地よく湿らせ、二人の舌が滑らかに蠢き、生温かな唾液が滴ってくるのだ。

「もっと唾《つば》を垂らして……」

口を離して言うと茜が彼の口にトロトロと唾液を吐き出してくれ、喘いでいる珠も懸命に分泌させてクチュッと垂らしてくれた。

千之助は混じり合った二人分の唾液を味わい、うっとりと喉を潤した。

「顔中唾でヌルヌルにして……」

さらにせがむと、二人は舌を這わせ、彼の頬から鼻の穴、額から耳まで舐めてくれた。舐めるというより、垂らした唾液を舌で塗り付ける感じで、たちまち顔中は二人分の唾液でヌルヌルにまみれた。

興奮に任せ、ズンズンと突き上げを強めていくと、

「アアッ……！」

珠が熱く喘ぎ、心地よい収縮を活発にさせてきた。

千之助は高まりながら、それぞれの喘ぐ口に鼻を押し込み、熱く湿り気ある息で胸を満たした。どちらも甘酸っぱい果実臭で、二人いっぺんとなると濃厚に鼻腔が満たされた。

「い、いく……！」

とうとう千之助は声を洩らし、二度目の絶頂を迎えてしまった。

ありったけの精汁をドクンドクンと勢いよくほとばしらせると、

「き、気持ちいいわ……。アアーッ……！」

奥深くに熱い噴出を感じると同時に珠が喘ぎ、ガクガクと狂おしい痙攣を開始したではないか。

見ると、茜が珠の背に手を這わせている。あるいは淫法で、気を遣るツボでも刺激してやっているのかも知れない。

千之助は心置きなく贅沢な快感を貪り尽くし、最後の一滴まで出し尽くしていった。

すっかり満足しながら徐々に突き上げを弱めていくと、

「い、いまの何……。溶けてしまいそうに気持ち良かったわ……」

珠も、激しすぎる絶頂の快感に戦《おのの》くように声を震わせながら、全身の強ばりを解いていった。

互いの動きが完全に停まっても、まだ膣内はヒクヒクと収縮を繰り返し、過敏になった幹が中でヒクヒクと震えた。

そして千之助は、二人の顔を引き寄せ、混じり合った甘酸っぱい息の匂いに酔いしれながら、うっとりと快感の余韻に浸り込んでいったのだった。

「これで、これからはいつでも気を遣るようになれるわ」

横から肌を密着させながら茜が言い、珠も満足げに力を抜いてグッタリと彼に身体を預けていた。

千之助は茜の手助けに感謝しつつ、二人分の温もりに包まれながら荒い息遣いを整えたのだった。

四

「お邪魔してよろしいですかな」

日暮れ、帰宅した千之助が夕餉《ゆうげ》の仕度を終えたところで暮れ六つの鐘《かね》の音が聞こえ、何といきなり茂助が酒徳利を持って訪ねて来たのである。

「これは、ようこそ。狭くて散らかってますが」

千之助は驚きながらも茂助を招き入れ、彼の分の茶碗も差し出した。

「町の寄り合いを抜けてきました。いっぺん男同士で飲みたいと思いまして。家ではどうにも肩身が狭くて」

「ええ、私もゆっくりお話ししたいと思ってましたので」

彼も余りの総菜を出し、義父になる男と差し向かいに座った。

まさか茂助も、ついさっきまで千之助が茜と、一人娘の珠と三人で戯《たわむ》れていたなど夢にも思うまい。

茂助は互いの茶碗に酒を注ぎ、軽く掲げて飲みはじめた。

「お珠の入り婿《むこ》が決まり、ほっと致しました。しかも元お武家ともなれば心強いです。ここのところ物騒な物盗りが横行しているので、出来ればなるべく早く引っ越して頂きたいのです。まあ、うちのような小さな店が狙われるとは思えないのですが」

「私は剣術など得意ではないのですが、はい、仕度も全て調《ととの》いましたので、では明日の夕方までに伺うことに致しましょう」

「そうして頂けると助かります」

茂助が安心したように言って酒を干し、千之助は注ぎ足した。

彼は大人しく穏やかな四十男で、訥々《とつとつ》と自分の身の上を語った。

茂助は下総《しもうさ》の百姓の出で、十四のとき江戸へ出て口入れ屋《くちいれや》の紹介で小猫屋に奉公し、算盤《そろばん》が得意だったので番頭までになった。

「すぐにもお美津さんと恋仲になったのですか？」

「とんでもない。先代の大女将《おおおかみ》と旦那《だんな》様が厳しい人で、五年ばかりは息つく暇もなく働きました。もちろんお美津には強い憧《あこが》れを抱いていたので、こっそり足袋《たび》や腰巻を抱き締めては自分で慰めておりました」

酒に弱そうな茂助は、すぐ真っ赤になり、どうやら酔うと告白癖があるようで際どい話題になっていった。

確かに、これでは家で男同士の酒宴は出来ないだろう。

「ははあ、お気持ちはよく分かります」

「するとあるとき、お美津も私を憎からず思っていたのか、とうとう自分から私を誘ってきたものですから」

「それは良かったですね」

あの美津なら、積極的に誘惑してくるだろうと、千之助は自分のことのように喜んで身を乗り出した。

今でこそ茂助は頼りなさそうだが、若い当時は恐らく見目麗《みめうるわ》しい顔立ちだったのだろう。

「それはもう、夢のようでした。そして大女将たちに内緒で逢瀬《おうせ》を重ねるうちに孕《はら》み、さしたる悶着《もんちゃく》もなく夫婦になれ、間もなくお珠が生まれたのです。すると安心したように、二親《ふたおや》は相次いで亡くなりました」

茂助が言う。口うるさいと言われていた義父母が居なくなれば、あとは茂助の天下であろう。

「では、実に滞《とどこお》りなかったのですね」

「ええ、ただ死んだ大女将に似て、だんだんお美津も口うるさくなってきましたが、どんなに尻に敷かれても憧れのお嬢と一緒になれたのですから毎日が幸せです。雨漏りもしない家で、毎日泥まみれで畑に出なくて済みますし」

茂助の実家である下総の貧農も、飢饉《ききん》で苦労してきた様子が垣間見《かいまみ》えた。話では、彼は末っ子のようなので江戸に出て大正解だったらしい。

「では、突っ込んだ話ですが、今でもお美津さんとの情交の方は」

千之助も、徐々に茂助の呂律《ろれつ》が回らなくなっているので、これぐらい訊《き》いても良いだろうと思って言った。

「いいえいいえ、もう四十路《よそじ》になったら身体が保ちません。むしろ、長く一緒にいると淫気は湧かず、ただ毎日そこに居てくれれば良いという気持ちになってしまうのですよ」

「ははあ、そんなものですか」

千之助は、自分も遠からずそうなるのだろうかと思った。

茂助は若い頃こそ美津の腰巻で抜いていたようだが、今はすっかり歳より枯れた感じで、淫気そのものが薄れ、しなければそれで良いという状態になっているのだろう。

「あとは、お珠のことだけが心配でした。入り婿を望んできた大店《おおだな》の次男三男は皆、いかにもちゃらちゃらと浮気しそうな軽そうな奴らばっかりでしたし、立派なお武家が来てくれて嬉《うれ》しく思ってます」

「いえ、立派でも何でもないですよ、茂助さん」

千之助が言うと、茂助はふと酔眼を上げて彼を見た。

「もう、茂助さんなんて呼ぶのはお止め下さいませ。しかし、お武家がいきなりおとっつぁんなんて呼べないだろうし」

「そうですね、では親父様と呼ぶことにしましょう」

「親父様か。何だか偉くなったようでくすぐったいが、千之助さんがそれで良いのなら、そうしましょう」

「では親父様も、私を千とか千助とか呼んで、ざっくばらんな話し方にして下さいね」

「ああ、分かったよ、千、これでいいですかね」

茂助は上機嫌に笑って言い、つるつると月代《さかやき》を撫で回した。

「では、もう下総の方には？」

「ああ、二親の法要で行ったのが、もう五年ほど前になるかな、あとはさんざん苛《いじ》められた兄が居るんで、もう行くことはないでしょうな」

茂助が言う。他の兄たちも、どこかへ養子に入ったようだった。

さらに二人はすっかり打ち解け、取り留めのない話に興じていたが、やがて徳利が空になり、総菜もなくなったので千之助は箸《はし》を置いた。

茂助の正体があるうちに、送った方が良いだろう。

ちょうど鐘の音が聞こえてきた。

「では親父様、お送りするので」

「ああ、もう五つ（夜八時頃）か、すっかり長居してしまった……」

言うと茂助も腰を上げ、千之助も支えながら立ち上がった。

草履《ぞうり》を履《は》かせ、長屋を出ると冷たい夜風に、茂助も思ったよりしっかり歩きはじめた。

提灯《ちょうちん》はないが、満天の星で辺りはほの明るい。

「良い倅《せがれ》が出来て嬉しいよ……」

茂助が言い、千鳥足《ちどりあし》の彼を支えながら、千之助も新たな家族に心が温かくなったものだ。

日本橋に向かい、人けのない静かな川端の道を進んでいると、急に黒い影が飛び出してきた。

思わず身構え、星明かりに透かしてみると、それは栄之進で、彼も千之助に気づいたようだった。

「なんだ、矢垣の倅か。すっかり町人だな」

栄之進は小さく言い、肩の力を抜いた。あるいは辻斬《つじぎ》りでもしようとしていたのかも知れない。

茂助は、何事かと目を丸くして立ちすくんでいた。

「そっちは大店の主《あるじ》か。少し用立ててくれぬか」

「困ります。今は手持ちはないし、こないだのが精一杯と言ったはずです」

千之助は茂助を後ろに庇《かば》いながら言った。

しかし栄之進は執拗《しつよう》に迫ってくる。

「一文無しということはあるまい。さあ出せ、さもなくば」

彼が鯉口《こいぐち》を切って凄《すご》んだ。

もう困窮し尽くし、顔見知りの千之助さえ斬り捨てようという勢いだった。

千之助が、遮二無二《しゃにむに》彼の利き手を押さえようと揉《も》み合ったその瞬間、

「むぐ……！」

いきなり栄之進が目を向いて呻き、そのままズルズルと膝を突き、傍《かたわ》らの柳の木にもたれかかって昏倒《こんとう》した。

そして千之助の足元に、ころんと石が転がった。どうやら誰かが栄之進の脾腹《ひばら》に石飛礫《いしつぶて》を投げつけたようだ。

「行きましょう、親父様」

千之助は言い、震えている茂助を支えて歩き出した。

「い、今のは当て身術ってやつですかい。何と、まあ、やっぱりお武家は違うもんだ……」

すっかり酔いが醒めたようで、茂助は感心して言いながら、早く逃げようと足早に日本橋へ向かったのだった。

途中、屋敷の塀が連なる辺りを通りかかり、ふと見上げると星明かりを背に、黒い影が立って手を振っていた。

（あれは、茜さん……？）

千之助はその体つきでそう思ったが、影はすぐに姿を消してしまい、茂助もそれには全く気づかなかったように歩いていた。

どうやら朱里と茜は、例の隠れ家で忍び装束に着替え、夜な夜な町を巡回して盗賊に備えているのだろう。

やがて小猫屋に着いた。大店の建ち並ぶ表通りから一つ入った、閑静な界隈《かいわい》で今はなおさら静かだった。

木戸を叩くと、間もなく寝巻姿の美津が出てきた。

「寄り合いでいつまで飲んでるのさ、酒に弱いくせに……。せ、千さん……」

美津が気づいて目を丸くした。

「ああ、親父様を送ってきましたので、お願いします」

千之助は言い、茂助を中に押しやった。

「い、いま辻斬りを当て身で気絶させたんだ、この千助が……」

「何を気安く呼び捨てにしてんのさ」

興奮にまくしたてる茂助を中に引き入れると、あらためて美津は千之助に頭を下げた。

「どうも済みません。じゃ宿六《やどろく》が長屋へ押しかけていたんですか?」

「ええ、飲ませすぎて申し訳ありません。でも楽しかったです」

「どうぞ中へ」

「いいえ、もう遅いので帰ります。いよいよ明日の日暮れまでに引っ越して参りますので」

「まあ、明日……」

「ええ、お珠ちゃんによろしく。ではお休みなさいませ」

千之助は辞儀をして言い、そのまま神田の長屋へ引き返したのだった。

五

(さて、だいぶ早いが、そろそろ行くとするか)

翌日の昼過ぎ、千之助はすっかり片付いた部屋の中を見回して思った。

昨夜は一人、長屋での最後の夜を過ごしたのである。

今日は昼までに残りの根付を全て仕上げてから木屑《きくず》の掃除をし、湯屋と昼餉を済ませたところだった。

余りの食材も、ちょうど空になったので気分が良い。

轆轤《ろくろ》や鑿《のみ》などの仕事道具、仕上がった根付と二親の位牌《いはい》を包み、あとの煎餅《せんべい》布団と鍋釜に欠けた茶碗などは、置いていけば大家が処分してくれるということである。

と、そこへ美津が入ってきた。

「あら、もうお掃除も終わってしまったの？」

美津は見回して言い、急に淫気に切り替わったようで戸に心張り棒を嚙ませて上がり込んだ。

「夕方だと言っていたものだから」

「ええ、根付も早めに仕上がったので、そろそろ行こうかと思っていたところです」

「そう、昨日はうちの人を親父様と呼んでましたね」

「飲みながら話して、もうざっくばらんにいこうということになりました」

「じゃ私のことは？」

「お袋様でしょうね」

「何だか恥ずかしいわね。でも、あとは行くばかりなら、少しだけ……」

美津は言い、隅に畳んでおいた煎餅布団をまた敷き延べてしまった。

「ここでするのも最後だし、うちへ来てしまったら、千さんはもうお珠のものだから、そうそうするわけにはは」

美津は期待に目を輝かせて言いながら帯を解きはじめ、千之助も急激に淫気を湧かせて脱ぎはじめていった。

たちまち美津は一糸まとわぬ姿になり、布団に仰向けになった。

千之助も全裸で覆《おお》いかぶさり、チュッと乳首に吸い付きながら、柔らかく豊かな膨らみに顔中を押しつけていった。

舌で転がすと、すぐにも美津がクネクネと身悶え、

「アア……、いい気持ち……」

顔を仰け反らせて熱く喘ぎはじめた。

千之助は左右の乳首を順々に含んで念入りに舐め回し、腕を差し上げて腋の下にも鼻を埋め込んでいった。柔らかな腋毛に生ぬるく籠もる、濃厚に甘ったるい汗の匂いでうっとりと胸を満たした。

茜と珠の三人で戯れたのも夢のように心地よかったが、あれは滅多にない祭のようなもので、やはり秘め事は一対一の密室で行う方が淫靡《いんび》さは上だった。

まして美津は、義母になるという禁断の相手である。

噎せ返る体臭に充分酔いしれてから、彼は白く滑らかな熟れ肌を舐め下りていった。

臍を探り、下腹の弾力を味わい、豊満な腰から脚を舐め下りていった。

小猫屋へ住むようになったら、やはり珠はともかく、もし美津とこっそりすることがあっても周囲を気にしながらだから、こんなに丁寧な愛撫は出来なくなるだろう。

まばらな脛毛《すねげ》のある色っぽい脛から足首に下り、足裏に舌を這い回らせた。

形良く揃った指に鼻を割り込ませると、そこは汗と脂にジットリ湿り、蒸れた匂いが悩ましく沁み付いて鼻腔が刺激された。

爪先をしゃぶり、指の股に舌を割り込ませていくと、

「あう……」

美津が呻き、クネクネと腰をよじらせた。

千之助は両足とも、全ての指の間に籠もる味と匂いを貪り尽くすと、彼女を大股開きにさせて脚の内側を舐め上げていった。

白くムッチリと張りのある内腿をたどっていくと、期待に彼女の下腹がヒクヒ

クと波打った。

陰戸に迫って指で広げると、かつて珠が生まれてきた膣口が、白っぽく濁《にご》った淫水に潤っていた。

堪らずに顔を埋め込み、柔らかな茂みに鼻を擦《こす》りつけて嗅ぐと、蒸れた汗とゆばりの匂いがすっかり馴染《なじ》んで鼻腔を掻き回してきた。

「いい匂い」

「あう……！」

胸を満たしながら思わず言うと美津が呻き、キュッと内腿で顔を挟み付けてきた。彼は舌を這わせ、淡い酸味の蜜汁を掻き回し、膣口の襞からオサネまでゆっくり舐め上げていった。

「アア……。い、いい気持ち……」

美津が内腿に力を込めて喘ぎ、新たな淫水を漏らしてきた。

千之助は執拗にオサネに吸い付いては溢れる蜜汁を舐め取り、味と匂いを存分に堪能した。

さらに彼女の両脚を浮かせ、白く豊満な尻に顔を押しつけていった。

谷間の蕾に鼻を埋めると、顔中に弾力ある双丘が密着し、秘めやかに蒸れた匂いが鼻腔を刺激してきた。

嗅いでから舌を這わせ、襞を濡らしてヌルッと潜り込ませると、

「く……」

美津が小さく呻き、キュッと肛門で舌先を締め付けてきた。彼は舌を中で蠢かせ、淡く甘苦い粘膜を味わい、出し入れさせるように動かした。

「も、もう堪忍《かんにん》……。今度は私にさせて……」

前も後ろも愛撫された美津が言って身を起こすと、千之助も股間を這い出して仰向けになっていった。

美津が移動し、彼の両脚を浮かせると、ためらいなく尻の谷間に舌を這わせてきた。

「自分ばっかりお湯に行って……」

湯上がりの匂いに美津が詰《なじ》るように言い、それでも念入りに舐め、ヌルッと潜り込ませてくれた。

「あう、気持ちいい……」

千之助は呻き、モグモグと味わうように義母の舌先を肛門で締め付けた。

美津も自分がされたように、熱い鼻息でふぐりをくすぐりながら、舌を出し入

れさせるように動かした。

舌が深く入るたび、ピンピンに勃起した幹がヒクヒクと歓喜に上下した。

脚を下ろすと美津はふぐりにしゃぶり付き、念入りに二つの睾丸を舌で転がしてから、肉棒の裏側をゆっくり舐め上げてきた。

特に、鈴口の少し下の感じる部分をチロチロと探り、さらに前進して粘液の滲む先端を舐め回した。

そして張り詰めた亀頭をパクッと含むと、ゆっくり味わうようにスッポリと喉の奥まで呑み込んでいった。

「アア……」

千之助は温かく濡れた快適な口腔に、快楽の中心部を深々と含まれて喘いだ。

今でこそ当たり前のようにしてもらっているが、少し前までは、一物をしゃぶられるなど夢のまた夢だったのだ。

「ンン……」

美津は先端が喉の奥に触れるほど呑み込んで呻き、吸い付きながらクチュクチュと舌をからめてくれた。熱い息が股間に籠もり、さらに彼女は顔を小刻みに上下させ、スポスポと強烈な摩擦を繰り返した。

千之助も股間を突き上げながら、ジワジワと高まってきた。

「い、いきそう……」

彼が限界を迫らせて言うと、すぐ美津もスポンと口を離し、

「いい？」

言いながら身を起こし、前進して彼の股間に跨がってきた。

充分に唾液にまみれた先端に熟れた陰戸を押し当て、自ら指で陰唇を広げながら位置を定めて腰を沈めると、彼自身はヌルヌルッと滑らかに膣口に吸い込まれていった。

「アアッ……、奥まで届くわ……」

美津は根元まで受け入れて喘ぎ、ピッタリと股間を密着させてきた。

千之助も温もりと感触を味わいながら、両手を伸ばして彼女を抱き寄せた。

美津が身を重ねてくると、彼は両手でしがみつき、両膝を立てて蠢く豊満な尻を支えた。

「ああ、何て可愛い……」

美津が熱い眼差《まなざ》しを近々と寄せて囁《ささや》き、自分からピッタリと唇を重ねてきた。

千之助も密着する感触と唾液の湿り気を味わいながら、お歯黒の歯並びの間に

舌を挿し入れていった。

　美津は熱い鼻息で彼の鼻腔を湿らせながら、チロチロと舌を蠢かせ、生温かな唾液を注いでくれた。千之助も小泡の多い唾液を味わい、うっとりと喉を潤しながら、滑らかに蠢く舌を舐め回した。

　舌をからめながら、待ち切れないように美津が腰を遣いはじめ、彼もズンズンと股間を突き上げて動きを合わせていった。

「アア、すぐいきそう……」

　美津が口を離して喘ぎ、徐々に動きを強めていった。

　千之助も、肉襞の摩擦と温もりを味わいながら、濃厚な花粉臭の吐息を嗅いで急激に絶頂を迫らせた。

　互いの動きに合わせ、ピチャクチャと淫らに湿った摩擦音が響き、大量の淫水が彼の尻の方にまで温かく伝い流れてきた。

　悩ましい吐息の匂いと摩擦で、もう限界だった。

「い、いく……！」

　千之助は昇り詰めて口走り、熱い大量の精汁をドクンドクンと勢いよくほとばしらせてしまった。

「あ、熱いわ、いく……。アアーッ……！」

噴出を感じた美津も声を上ずらせ、ガクガクと狂おしい痙攣を繰り返しながら激しく気を遣った。

彼は身体ごと吸い込まれるような収縮に身を委《ゆだ》ね、心ゆくまで快感を嚙み締めた。そして最後の一滴まで出し尽くすと、満足しながら徐々に突き上げを弱めていった。

「アア……、何ていいの……」

美津も満足して声を洩らし、熟れ肌の硬直を解きながらグッタリと力を抜いて身体を預けてきた。

千之助は熟れ肌の重みと温もりを全身で味わい、まだ収縮する膣内でヒクヒクと過敏に幹を跳ね上げ、花粉臭の吐息を間近に嗅ぎながら、うっとりと余韻を味わった。

「ああ、今度はいつ出来るのかしら……」

美津が荒い息遣いとともに囁き、彼も呼吸を整えたのだった……。

――やがて身繕《みづくろ》いを終え、美津が髪を直すと、千之助は布団を畳んで隅に置いてから二人で長屋を出ることにした。

千之助は荷を背負い、大家と近所のおかみさんたちに挨拶《あいさつ》をした。

「いよいよ行くのね。名残惜《なごりお》しいわあ」

「お美津さん、若旦那をよろしくね、苛めないように」

おかみさんたちの声に見送られながら、千之助と美津は神田から日本橋の小猫屋に行った。

「では、今日からよろしくお願いします」

彼は茂助に言い、上がり込んだ。茂助も、すっかり打ち解けた満面の笑みで彼を迎えてくれた。

千之助の仕事場は、帳場の脇の板敷きを与えられた。

せっかく良い婿が来たのだから奥の部屋で仕事するのではなく、多くの客にお披露目《ひろめ》したいのだろう。

当然ながら作業中の千之助も、客に何かと話しかけられるだろうが、特に彼は集中力が削《そ》がれることもない。

まずは轆轤や鑿などを板敷きに置くと、珠が座布団《ざぶとん》を出してくれた。

仕事場がここなので、若夫婦の部屋は寝る時だけ使うことになる。

それも美津の配慮で、茂助と美津の部屋よりは離れた奥の部屋である。

仕上がった根付を出すと、それを甲斐甲斐《かいがい》しく珠が店先に並べた。

そろそろ店仕舞いの刻限なので、千之助の仕事は明日からである。

婚儀の吉日までまだ何日かあるのだが、もう今日から千之助は入り婿の扱いであった。

小猫屋は店開きが朝五つ（午前八時頃）で、昼餉は交代で取り、店仕舞いが八つ半（午後三時頃）である。

看板娘の珠と、帳場の茂助が一番多く店に出ていて、美津は昼餉や夕餉の仕度で奥へ引っ込むことが多い。

この日も風呂が焚《た》かれていて、美津が夕餉の仕度をしている頃合いに店仕舞いをし、遠慮したが千之助が一番風呂に入れられた。

風呂から上がると夕餉の仕度が調い、銚子《ちょうし》も出されたが、元より千之助は飲む習慣がないし、茂助も弱いのでそれぞれ形だけである。

今日だけのことだろうが鯛《たい》の尾頭《おかしら》付きが出され、千之助は恐縮しながら、新たな家族として夕餉を囲んだのだった。

茂助は終始上機嫌で、すぐ真っ赤になってしまった。この家に、自分以外の男が来たのが相当に嬉しいのだろう。

やがて食事を終え片付けを済ませると、珠も風呂から上がり、千之助は奥の部屋へ引き上げた。

すでに床が二組並んで敷き延べられ、行燈《あんどん》が点《つ》いている。

婚儀はまだだが、今日が共に過ごす初夜だ。

昼間に美津としているのが少し後ろめたいが、淫気は満々で、彼は股間を熱くさせながら新妻を迎えたのだった。

第六章　快楽の秘術で大昇天

一

「どうかよろしくお願いします」

寝巻姿の珠が恭《うやうや》しく手を突き、千之助に言った。

「こちらこそ。ではこれからお珠と呼ぶよ」

彼は勃起しながら答えたが、やはり長屋や隠れ家と違い、これから住む我が家となると気分も実に新鮮であった。

二人は、互いに寝巻を脱いで全裸になってから布団に横になった。

珠も、やはり今までと気分が違うのか、やや緊張気味に身を硬くしている。

千之助は珠を横たえ、チュッと乳首に吸い付いていった。

「アア……」

珠がビクリと身を震わせたが、さすがに喘《あえ》ぎ声は控えめだ。少々声を洩らしても、美津と茂助の部屋までは聞こえないだろうが、そこは娘らしく反応を抑えているようだ。

左右の乳首を愛撫し、腋《わき》の下に鼻を埋《うず》めたが汗の匂いはなく、湯上がりの匂いばかりで少々物足りなかった。そういえば、湯上がりにするのは初めてのことである。

しかし考えてみれば、これから長く一緒に暮らすのだから、そうそう生々しい匂いばかり味わっても飽きてしまうかも知れない。

いずれ茂助のように、妻への愛情や愛着ばかりが増し、淫気の方は薄れていくのだろうか。

もちろん今の千之助は淫気満々で、妻となる珠に新鮮な気持ちで愛撫を行っていった。

どうせ蒸《む》れた匂いはないだろうからと、足指を貪《むさぼ》るのは省略し、彼は肌を舐め下りて真っ直ぐ股間に顔を埋め込んでいった。

匂いは薄く、それでも蒸れた熱気の籠もる恥毛に鼻を埋め、舌を挿《さ》し入れて割れ目内部を探った。

すると、陰戸《ほと》は今までで最も多くの蜜汁を漏らしていたのだ。

やはり自分の家で、婿《むこ》に入った男とするのは格別な心持ちなのだろう。

いずれ千之助の子を生むことになるだろう膣口の襞を掻き回し、ゆっくり小粒のオサネまで舐め上げていくと、

「アアッ……！」

珠がビクッと顔を仰《の》け反《ぞ》らせ、彼の両頬をきつく内腿で挟み付けながら熱く喘いだ。

千之助はチロチロと舌先でオサネを弾くように舐めては、泉のように溢《あふ》れるヌメリをすすり、さらに彼女の両脚を浮かせて尻に鼻を埋めた。

やはり蕾《つぼみ》には、微《かす》かに蒸れた匂いが籠もるばかりだ。

舌を這わせて息づく襞を濡らし、ヌルッと潜り込ませると、

「そ、そこは堪忍《かんにん》……」

珠が肛門で彼の舌先を締め付けながら言った。

長屋での戯《たわむ》れと違い、ほとんど正式な入り婿に後ろの穴を舐められるのは抵抗があるのかも知れない。

千之助は舌を蠢《うごめ》かせ、滑《なめ》らかな粘膜を少し味わっただけで顔を上げた。

添い寝すると珠が身を起こし、彼の股間に顔を寄せてきた。

仰向けの受け身体勢になると珠も真ん中に腹這い、幹に指を添えて粘液に濡れはじめた鈴口《すずぐち》をチロチロと舐め回した。

そして張り詰めた亀頭をしゃぶり、スッポリと喉の奥まで呑み込んでいった。

「ああ、気持ちいい……」

千之助はうっとりと喘ぎ、新妻の口の中でヒクヒクと幹を震わせた。

珠も熱い鼻息で恥毛をそよがせながら、クチュクチュと念入りに舌をからめ、笑窪《えくぼ》の浮かぶ頬をすぼめて吸い付き、たっぷりと唾液を出して一物《いちもつ》を温かく濡らした。

「いいよ、跨《また》いで入れて」

すっかり高まった彼が言うと、珠もチュパッと口を離した。

「いいえ、どうか上から……」

彼女が横になって答える。正式な夫婦になれば、もう夫を跨ぐようなことは控えたいのかも知れない。

茂助を尻に敷いている美津は茶臼《ちゃうす》（女上位）が好きだったようだが、珠は控えめな女房を目指しているらしい。

とても、茜と三人で戯れた奔放《ほんぽう》な娘とは思えず別人のようである。

もっとも、それも今後どうなってゆくか分からないが、とにかく千之助は身を起こして上になった。

仰向けの珠の股を開かせて股間を進め、先端を陰戸に擦《こす》りつけて潤《うるお》いを与えると、彼はゆっくり挿入していった。

ヌルヌルッと根元まで押し込んでいくと、

「あう……」

珠が手で口を押さえて呻《うめ》いた。

千之助は肉襞の摩擦と大量の潤い、きつい締め付けと熱いほどの温もりを感じながら股間を密着させ、脚を伸ばして身を重ねていった。

すると珠は下から両手でしがみつき、彼の胸の下で柔らかな乳房が押し潰《つぶ》れて弾んだ。

上からピッタリと唇を重ねてゆき、舌を挿し入れて八重歯《やえば》のある歯並びを舐め回すと、

「ンンッ……」

珠も熱く呻いて歯を開き、ネットリと舌をからめてきた。

生温かな唾液に濡れ、滑らかに蠢く舌を味わうと、千之助も堪《たま》らなくなり、徐々に腰を突き動かしはじめた。

「アアッ……、いい気持ち……」

珠が口を離し、顔を仰け反らせて熱く喘いだ。千之助は、珠の濃厚に甘酸っぱい息の匂いに高まり、徐々に動きを強めていった。

恥毛が擦れ合い、コリコリする恥骨の膨《ふく》らみも感じられた。

前に茜が言った通り、珠は常に気を遣《や》ることが出来るようになっているだろうから、彼も遠慮なく股間をぶつけるほど激しい律動を繰り返した。

膣内の収縮と潤いも増し、たちまち千之助はひとたまりもなく激しく昇り詰めてしまった。

「い、いく……！」

絶頂の快感に口走り、ありったけの熱い精汁をドクンドクンと勢いよくほとばしらせると、

「い、いいわ……。アアーッ……！」

噴出を感じた珠も続いて声を上げ、ガクガクと狂おしく痙攣《けいれん》して激しく気を遣った。

千之助は快感を嚙み締め、心置きなく最後の一滴まで出し尽くしていった。

すっかり満足しながら徐々に動きを弱めていくと、

「ああ……、何て気持ちいい……」

珠も全身で快感を受け止め、うっとりと言いながら全身の強《こわ》ばりを解いていった。完全に動きを止めても、まだ膣内はキュッキュッと締まり、幹がヒクヒクと過敏に震えた。

そして千之助は彼女にもたれかかり、甘酸っぱい果実臭の吐息を間近に嗅《か》ぎながら、心ゆくまで快感の余韻を味わったのだった。

「何だか、命中したかも知れません……」

珠が荒い息遣《いきづか》いで囁《ささや》いた。

女は分かると言われているが、これで孕《はら》めば彼は難なく入り婿の役目を果たしたことになる。

やがて呼吸を整えると、千之助はそろそろと身を起こして股間を離し、懐紙《かいし》で一物を拭《ぬぐ》い、陰戸も拭いてやろうとすると、

「自分でします……」

珠が言い、懐紙を受け取って始末をした。

「一緒に身体を流すかい？」

「いえ、しばらく動けませんので、どうかお先に……」

珠に言われ、千之助は寝巻を羽織って立ち上がった。

そして部屋を出ると廊下を進んで湯殿に向かった。途中、義父母の部屋の前を通ると、中から茂助の高鼾《たかいびき》が聞こえてきた。二人とも夕餉《ゆうげ》のとき上機嫌で酒を飲んだので、美津も眠っていることだろう。

湯殿に入り、まだ温かな残り湯を浴びて股間を流すと、すぐ彼は身体を拭いて寝巻を着けた。

奥の部屋へ戻っていると、何やら雨戸を開けるような物音が聞こえ、さらに珠のものらしい声を耳にした。

「ヒッ……！」

(何だ……？)

千之助は急ぎ足に部屋へと戻っていった。

すると雨戸が外され、寝巻姿の珠が羽交《はが》い締《じ》めにされ、黒い手拭いでほっかむりをした浪人ものに庭へ引きずり下ろされたところだった。

「し、柴山さん……！」

星明かりに照らされた暗い眼差《まなざ》しですぐ分かり、千之助は言って裸足のまま庭へ飛び降りた。

すると栄之進の他に、もう二人、抜き身を下げた浪人者が覆面《ふくめん》をして威嚇《いかく》するように立っているではないか。

どうやら食い詰め浪人が集まり、押し込みを働いているようだ。

この二人は前から武家屋敷や商家を襲っていた盗賊かも知れず、栄之進もいつしか仲間に入ったのだろう。

とにかく千之助は震えながらも珠の身を案じ、栄之進に迫った。

二

「矢垣、早く主《あるじ》を起こして有り金を持ってこい」

栄之進が、珠の口を背後から押さえて言う。

千之助がいることを承知で来たなら、彼の入り婿先も後をつけて調べ上げていたのだろう。小猫屋は大した大店《おおだな》ではないが静かな裏通りだし、栄之進は自分だけ幸せになる千之助が妬《ねた》ましいようだ。

それに千之助の知り合いである茜に、何度となく痛い目に遭《あ》わされた恨みもあり、それで仲間に小猫屋の襲撃を持ちかけたに違いない。

「早くしろ。この娘がどうなっても良いのか！」

栄之進が抜刀して言った途端、立っていた二人の屈強な浪人たちが、

「むぐ……！」

「ぐええ……！」

いきなり奇声を発するなり、得物《えもの》を取り落として地に転がった。

「な、なに……！」

栄之進が驚き、千之助もそちらを見ると、柿色《かきいろ》の忍び装束を着た人影が立っていた。どうやら体つきからして朱里のようだが、浪人二人は彼女の当て身で昏倒《こんとう》したらしい。

「お、おのれ……」

栄之進は呻き、抱え込んでいる珠に刃《やいば》を突き付けようとした。

しかし、その珠が何と栄之進の手を摑《つか》むなり捻《ひね》り上げたのである。

「う……。お、お前は……！」

栄之進が目を見開いて震え上がった。

見れば、それは珠ではなく、珠の寝巻を着た茜ではないか。

茜は鋭い肘打《ひじう》ちを栄之進の水月《みぞおち》にめり込ませると、

「く……！」

彼は呆気《あつけ》なく刀を落として地に伏していった。

素早く茜が寝巻を脱ぎ、千之助に投げ渡した。下は、朱里と同じく柿色の忍び装束である。

「お珠さんは押し入れに」

茜に言われ、千之助は寝巻を持って上がり込むと、押し入れからそろそろと全裸の珠が出てきたので、彼は寝巻を羽織らせてやった。

「あ、茜さんが来て、私に押し入れに隠れるようにって……」

珠が声を震わせて言った。

どうやら茜と朱里の母娘《おやこ》は、今宵《こよい》も忍び装束で巡回し、三人の浪人ものが小猫屋に向かったことを知り、いち早く珠と入れ替わっていたようだ。

寝巻を着付けた珠と一緒に千之助が庭に降りると、母娘は三人の浪人を下《さ》げ緒《お》で後ろ手に縛り上げたところだった。

「すぐ役人を呼びます。どうか私たちのことは内密に」

茜が千之助と珠に言うなり、朱里と共に素早く塀を跳び越え、音もなく走り去っていった。

三人は完全に気を失っていたが、栄之進だけは気がついたようだ。

「柴山さん、何て情けない……」

「ふ……、このざまだ。もう会うこともなかろう……」

「間もなく役人が来ます。どうかお大事に」

千之助は言った。

誰も殺《あや》めていなければ、良くて寄《よ》せ場《ば》送り、悪くて遠島。どちらにしろ、もう気ままに町を歩くことは出来ないだろう。

やがて母娘が報《しら》せたらしく、呼子《よびこ》の音が聞こえ、裏木戸からドヤドヤと襷掛《たすきが》けの捕り方たちがなだれ込んできた。役人たちも、盗賊を捕縛《ほばく》しようと夜毎に警戒をしていたようだ。

その騒ぎに、ようやく目を覚ました美津と茂助も寝巻姿で出てきた。

「何事です！」

美津が気丈《きじょう》に言ったが、役人たちは三人の浪人を引き立たせていた。すでに三人とも息を吹き返している。

「あ、あんたが三人を倒して縛り上げたのか……」

一人の同心が、千之助に近づいて話しかけてきた。

「は、はあ、物音に気がついたら三人がいたので、何しろ無我夢中で……」

千之助は答え、珠も身をすくませて黙っていた。

すると岡っ引きが龕《がん》どうを千之助の顔に向けた。

「あんた、もしや神田の裏長屋にいた浪人さんか」

言うので、千之助も前に聞き込みに来た岡っ引きを覚えていた。

「ええ、矢垣千之助です。今はここの入り婿の千助ですが」

「なるほど、元武士か。それにしても大した手並み……」

それを聞いていた同心が感心して言う。

「ほらね、千さんは当て身術の達人なんだよ」

茂助が勢い込んで美津に言っている。

「では、明日にもあらためて話を聞きに参る」

同心が言うと、捕り方たちも三人を引き連れて裏木戸から出ていった。

「驚いたねえ。うちなんかに押し込むなんて……」

静かになると、美津が誰にともなく言った。

「とにかく、誰も怪我がなくて良かった……。千さん、お珠を守ってくれて感謝します」

「いえ……」

美津に言われ、千之助は自分ばかり良い格好をしているのを済まなく思った。

「さあ、あとは明日のこととして、遅いので寝ましょう」

美津は裏木戸の閂《かんぬき》を確認して言い、外された雨戸を直して四人は家に入った。

美津と茂助が自分たちの部屋に戻ると、千之助と珠も奥の部屋に入った。

「茜さんというのは……」

布団に座り、珠が要領を得ぬように言った。田代藩に仕えている、単なる店の常連ではないと思いはじめているのだろう。

「どうやら、茜さんと朱里さんの母娘は、田代藩の抱える忍びの者らしいんだ。だから音もなく家に入ってお珠を押し入れに隠し、身代わりで囮《おとり》になってくれたんだろう」

「忍びの者……」

「だけど内緒と言うから、どうか二人だけの秘密にしよう」

「ええ……」

珠も頷《うなず》き、とにかく行燈《あんどん》を消して横になった。

捕り物の興奮に眠れないかとも思ったが、間もなく珠の軽やかな寝息が聞こえてきて、やがて千之助も深い眠りに落ちていったのだった……。


——翌朝、店を開ける前に昨夜の同心がやってきた。

一家もちょうど朝餉を済ませたところである。

「あの二人が、ここ最近の押し込みの全てを認めました。柴山栄之進という浪人は、仲間に加わってから昨夜が初めてだったようです」

同心が、言葉遣いをあらためて千之助に言った。もちろん美津に茂助、珠も一緒に聞いている。

「やはり不景気で、食い詰め浪人が増えて困ります。ここはやはり、お偉方に何とかしてもらわないと。あ、いや、ではこれにて。実にお手柄でした」

同心は言い、辞儀をして帰っていった。

恐らく今まで奪われた金子《きんす》は戻ってこないだろう。盗賊の二人は重罪、栄之進は多少軽いとは言え、もう表に出ることはないに違いない。

やがて店を開け、美津は片付けものや掃除。茂助は帳場で珠が店に出た。

千之助は帳場の脇の座布団《ざぶとん》に座り、根付の細工を始めると、やがて女子供の客が入ってきた。

「へえ、すごい……」

鑿《のみ》で木を削《けず》っている千之助の方を、子供たちが興味深げに見て言った。

「この独楽《こま》も根付も、みんなうちの若旦那《わかだんな》が作ったんだよ」

「独楽は正月に買った。良く回るんだ」

珠が言うと、子供たちが答えた。

と、そこへ矢絣《やがすり》の朱里が入ってきた。

珠は一瞬昨夜のことを思い出したように身じろいだが、すぐ笑顔に戻った。

「いらっしゃいませ。いつも有難うございます」

「招き猫の根付が欲しいのですけれど」

朱里も上品な笑みを浮かべて言った。やはり小猫屋というだけあり、招き猫の置物も多く飾ってある。

「ああ、猫は彫ってみたいですね」

千之助も顔を上げて言い、昨夜の感謝を込めて朱里に会釈《えしやく》した。

「では、一つでも出来たら届けて頂きたいのです。いつ頃に」

「一つなら明日の昼すぎにでもお届けに上がります」

彼が答えると、朱里は他の品物を眺めていたが、さらに客が入ってきたので彼女は辞儀をして出て行った。

「じゃ、すぐにでもかかろうか。その小さなのが可愛いので手本に」

千之助が言うと、珠もそれを手にして彼に手渡した。今まで、これらを手がけていた細工職人は、もう老齢で隠居してしまったらしい。

とにかく、千之助は手本を見ながら招き猫を彫りはじめたのだった。

三

「御免下さい。お届けに上がりました」

翌日の昼過ぎ、千之助が仕上がった招き猫の根付を袂《たもと》に入れて隠れ家を訪《おとな》うと、すぐにも朱里が出迎えてくれた。

(今日は朱里様か……)

招かれるまま上がり込んだ千之助は思い、早くも期待に股間を熱くさせはじめてしまった。

珠も、茜の依頼ではないから特に情交の危惧《きぐ》も抱いておらず、朱里なら新たな注文もくれるだろうと快く送り出してくれた。

看板娘の珠は店を離れられないし、茂助は帳場で、美津も夕餉の買い物や仕度などがあるから、届け物は千之助が来るしかないのである。

早速、招き猫を出して見せると、

「良い出来です。国許でも喜ばれるので、どんどん作って下さいませ」

朱里が言って根付を仕舞った。有難いことに、これで当分は忙しく仕事に専念できることだろう。

もちろん座敷には床が敷き延べられているし、朱里も茜も、別に千之助が入り婿になろうと全く気にしていないようだった。

「盗賊は、元々二人だけの手練《てだ》れの浪人者たちでしたが、相当に荒っぽい押し込みを繰り返していたようです」

朱里が、その後の報告をしてくれた。

「柴山なにがしは加わったばかりなので、あの二人が押し込みの手際を見極めようと見物していたのでしょう。でも三人とも捕まったので、しばらくは静かな夜になりましょう」

「はい、あらためまして一昨夜は有難うございました。茜様にも御礼申し上げて下さいませ」

「ええ、押し込みが、お珠さんとの営みが済んだあとで良うございました」

千之助が頭を下げて言うと、朱里は答え、すぐにも帯を解きはじめた。

彼も手早く脱ぎ去り、期待に激しく勃起した。

朱里が一糸《いっし》まとわぬ姿になり、白い熟れ肌を息づかせて布団に仰向けになると彼も全裸で迫っていった。

まずは朱里の足裏を舐め、指の間に鼻を押しつけて汗と脂《あぶら》に湿った湿り気と、蒸れた匂いを貪った。

昨夜はまた珠と情交したが、風呂を焚《た》いていなかったのであまり陰戸は舐めさせてくれなかった。やはり夫婦となると、珠には様々なけじめと拘《こだわ》りがあるようで、どうにも今までとは要領が違っていた。

まして一昨夜は湯上がりの匂いしかしなかったのである。

だから朱里の生々しい匂いを感じ、千之助は激しい興奮に包まれた。

充分に匂いを嗅いでから爪先にしゃぶり付き、指の股に舌を割り込ませて味わった。

「ああ……」

朱里もうっとりと声を洩らし、身を投げ出して好きにさせてくれた。

千之助は両足とも味と匂いを貪り尽くすと、股を開かせて脚の内側を舐め上げていった。

神秘の力を秘め、強靱《きょうじん》な跳躍力を持つ脚も、今は女らしい柔らかさと滑らかさに満ちていた。ムッチリと張りのある内腿をたどり、股間に迫ると熱気と湿り気が感じられた。

指で花びらを広げると、かつて茜が生まれてきた膣口は襞を震わせ、ネットリと熱いヌメリに潤っていた。

顔を埋め込み、黒々と艶《つや》のある茂みに鼻を擦りつけて嗅ぐと、汗とゆばりの蒸れた匂いが馥郁《ふくいく》と鼻腔《びこう》に沁み込んできた。

千之助は胸を満たしながら舌を這わせ、淡い酸味の蜜汁を掻き回し、ゆっくり味わいつつオサネまで舐め上げていった。

「アア、いい気持ち……」

朱里がクネクネと身悶《みもだ》えて喘ぎ、彼も執拗《しつよう》にオサネを舌で探っては、新たに溢れるヌメリをすすった。

さらに彼女の両脚を浮かせ、豊かで形良い尻に顔を埋め込んでいった。

秘めやかに蒸れた匂いを嬉々《きき》として貪り、充分に舐め回してからヌルッと潜り込ませ、甘苦く滑らかな粘膜を探った。

「く……」

朱里は小さく呻き、モグモグと肛門で舌先を締め付けた。

千之助は味わってから脚を下ろし、再び朱里の陰戸に戻って大量の潤いを舐め取り、オサネに吸い付いていった。

「もういいですよ。今度は私が」

彼女が言って身を起こしてきたので、入れ替わりに千之助も仰向けになり股を開いた。

すると朱里が彼の両脚を浮かせ、いま自分がされたことをお返しし、尻の谷間に舌を這わせてヌルッと潜り込ませてきた。

「あう……」

千之助は快感に呻き、モグモグと肛門を締め付けて美女の舌を締め付けた。

朱里が中で微妙に舌を蠢かせるたび、内側から刺激された幹がヒクヒクと上下して鈴口から粘液が滲《にじ》み出た。

やがて脚を下ろすと朱里は舌を移動させ、ふぐりを舐め回して睾丸《こうがん》を転がし、そのまま前進して肉棒の裏側を舐め上げてきた。

滑らかな舌が先端に来ると、彼女は濡れた鈴口を念入りに舐め回し、丸く開いた口でスッポリと喉の奥まで一物を呑み込んでいった。

「アア、気持ちいい……」

千之助は快感に喘ぎ、美女の口の中で幹をヒクつかせた。

朱里も口を締め付けて吸い、舌をからめながら顔を上下させ、スポスポと摩擦してくれた。

そして彼が降参する前に、頃合いを見計らってスポンと口を離すと、身を起こして前進し、一物に跨がってきたのだ。もうすっかり、千之助の高まりや望むことは見通しているのだろう。

先端に濡れた陰戸をあてがい、感触を味わうようにゆっくり座り込んできた。

たちまち、屹立《きつりつ》した彼自身はヌルヌルッと滑らかに呑み込まれ、根元まで完全に嵌《は》まり込んだ。

「アア、いい気持ち……」

朱里が股間を密着させ、顔を仰け反らせて喘いだ。

千之助も息づく肉壺に包まれて高まり、両手で彼女を抱き寄せると膝を立てて尻を支えた。

朱里が熟れ肌を重ねてくると、彼は潜り込んで両の乳首を吸い、舐め回しながら顔中で柔らかな膨らみを味わった。左右とも味わうと、腋の下にも鼻を埋め、腋毛に籠もった濃厚に甘ったるい汗の匂いに噎《む》せ返った。

充分に胸を満たすと彼は朱里の白い首筋を舐め上げてゆき、下から唇を重ねて舌を挿し入れた。

「ンン……」

朱里もネットリと舌をからめて呻き、トロトロと生温かな唾液を注ぎながら徐々に腰を動かしはじめた。千之助は美女の唾液でうっとりと喉を潤し、合わせてズンズンと股間を突き上げた。

「アア……、すぐいきそう……」

朱里が口を離して言い、熱く濃厚な白粉臭《おしろいしゅう》の吐息で彼の鼻腔を刺激した。

千之助も匂いに酔いしれながら突き上げを強め、摩擦の中で激しく高まっていった。

「い、いく……。ああ、気持ちいい……！」

たちまち千之助は昇り詰め、大きな快感に口走りながら熱い精汁をドクンドクンと勢いよくほとばしらせた。

「あう、もっと……。アアーッ……!」

朱里も噴出を感じて喘ぎ、ガクガクと狂おしい痙攣を開始して気を遣っていった。彼は収縮と締め付けで揉《も》みくちゃにされながら快感を味わい、心置きなく最後の一滴まで出し尽くしていった。

「ああ、良かった……」

千之助は満足しながら声を洩らし、突き上げを弱めていった。

やはり自分の長屋でするのとは違い、入り婿として小猫屋に住むようになってから他の女と情交するのは、珠に申し訳ないような禁断の興奮が激しく加わっていた。

朱里も熟れ肌の硬直を解き、力を抜いてグッタリともたれかかった。

まだ膣内は名残惜《なごりお》しげな収縮が繰り返され、中でヒクヒクと幹が過敏に跳ね上がった。

そして彼は美女の重みと温もりを受け止め、白粉臭の吐息を嗅ぎながら、うっとりと快感の余韻に浸り込んでいったのだった……。

四

「お珠さんとの三人も楽しかったけど、やはり二人きりの方がときめきますね」

数日後、千之助がいくつかの招き猫の根付を持って隠れ家を訪ねると、茜が迎えてくれて言った。

茜は根付の出来映えを褒《ほ》めてくれると、すぐに帯を解きはじめたのである。

あれから千之助は、小猫屋で珠と情交していなかった。まあ共に暮らすようになると、そうそう毎晩するものではないし、珠も初回に孕んだと思い込んでいるので我が身を大切にしているのだろう。

入り婿になれば毎晩好きなだけ出来ると思っていたが、それは大間違いで、もちろん美津も隙を狙っているようだが、これもあまり機に恵まれず戯れには到っていない。

こうして千之助も茂助のように、徐々に男の機能を薄れさせてしまうのだろうかと思うと寂しかった。

それでも入り婿を後悔はしていない。柔らかい布団と、三度の飯にありつけるのだし、小猫屋もまあまあ繁盛しているのだ。

しかし珠が寝ている隣で、こっそり手すさびするわけにもいかない。

まあ独りで楽しむのも乙《おつ》なものではあるが、それではせっかく生身がいるのに勿体《もったい》ないので、いずれ珠に指か口で良いのでしてもらいたいと思っていた。

だから、こうして朱里や茜がさせてくれることは実に有難かった。

今日は数日ぶりに、溜まりきった淫気が解放できるのである。

たちまち全裸になると、千之助は布団に仰向けになった。

茜も一糸まとわぬ姿で迫ってきたので、

「足を顔に……」

彼は言い、珠と三人でした行為をせがんだ。

茜も彼の顔の脇に立ち、すぐにも片方の足を浮かせ、そっと足裏を顔に押しつけてくれた。

千之助が足裏を舐め、指の間に鼻を押しつけて嗅ぐと、今日も茜の指は汗と脂にジットリ湿り、蒸れた匂いが濃く沁み付いていた。

鼻腔を刺激されながら爪先にしゃぶり付き、彼は全ての指の股に舌を割り込ませていった。

やがて茜が足を交代してくれ、彼はそちらも存分に味と匂いを貪り尽くしたのだった。

口を離すと茜が顔に跨がり、しゃがみ込んでくれた。

脹《ふく》ら脛《はぎ》と内腿がムッチリと張り詰め、すでに濡れている陰戸が急激に彼の鼻先に迫ってきた。

千之助は腰を抱き寄せ、茂みに鼻を埋め込んで嗅ぎ、蒸れた汗とゆばりの匂いでうっとりと胸を満たした。舌を這わせ、生ぬるい蜜汁を味わいながら、膣口からオサネまで舐め上げると、

「アアッ……！」

茜がビクリと反応し、熱く喘いで股間を押しつけてきた。

「ゆばりを出して……」

真下から言うと、茜も息を詰めて尿意を高め、部屋の中の布団の上だから、ほんの僅《わず》かにチョロッと放ってくれた。素破《すっぱ》は、ゆばりの量も勢いも自在なのかも知れない。

千之助も仰向けなので噎せないよう気をつけ、味と匂いを感じながらうっとりと喉を潤した。

すぐに流れが治まると、彼は残り香の中で余りの雫《しずく》をすすった。

そして千之助は陰戸を堪能すると、茜の尻の真下に潜り込み、谷間の蕾に鼻を埋めて秘めやかに蒸れた微香を貪った。

そして舌を這わせてヌルッと潜り込ませ、滑らかな粘膜を探っていると、

「も、もう充分……」

前も後ろも舐められた茜も淫気を高めたように言い、股間を引き離してきた。

彼女は仰向けの彼の上を移動し、張り詰めた亀頭にしゃぶり付いた。

スッポリと喉の奥まで呑み込み、吸い付きながら舌をからめ、熱い息を股間に籠もらせた。

さらにスポスポと強烈な摩擦を繰り返すので、すっかり溜まっている千之助は急激に絶頂を迫らせていった。

「い、いきそう……」

降参するように息を詰めて言うと、すぐに茜も口を離し、前進して股間に跨がってきた。幹に指を添えて先端を陰戸に押し当てると、そのままゆっくり腰を沈み込ませた。

「アア……、いい……」

ヌルヌルッと根元まで受け入れると、茜は顔を仰け反らせて喘ぎ、ピッタリと股間を密着させてきた。千之助も、温もりと感触を味わいながら、両手を伸ばして茜を抱き寄せた。

潜り込んで乳首を吸い、左右とも交互に舐めながら顔中で膨らみを味わった。もちろん腋の下にも鼻を埋め、生ぬるく湿った和毛《にこげ》に籠もる、濃厚に甘ったるい汗の匂いに酔いしれた。

両膝を立て、尻を支えながら徐々に動くと茜も合わせてきた。たちまち互いの動きが一致し、クチュクチュと湿った摩擦音が聞こえてきた。千之助が茜の顔を引き寄せ、唇を重ねて舌をからめると、彼女もトロトロと清らかな唾液を注ぎながら舌を蠢かせてくれた。

やがて口を離すと彼は、茜の喘ぐ口に鼻を押し込んで濃厚に甘酸っぱい吐息で胸を満たし、ズンズンと突き上げを強めていった。

このまま果てても良いのだが、ふと千之助は動きを止めて言った。

「うんと気持ち良くなる淫法の術というのはあるの？」

「ありますけど、してみたいですか」

茜も動きを止めて答える。

「してみたい、どんなものなの？」

「淫法、巴《ともえ》めぐり。じゃ、やってみましょうか」

茜が言うなり股間を引き離し、仰向けの彼の上で身を反転させた。

そして再び深々と一物を含むと、彼の顔に陰戸を押しつけてきた。

千之助も下からしがみついて割れ目を舐め回し、茜はスポスポとさっき以上の強さで摩擦を開始した。

しかも彼の両脚を抱えて巻き付かせ、熱い息を籠もらせながら互いの最も感じる部分を貪り合ったのだ。

彼も心地よさに、まるで茜の口と交接しているように激しく股間を突き上げはじめた。

茜の淫水もいつになく多く溢れ、千之助はうっとりと喉を潤した。

正に二つ巴で、たちまち彼は激しい絶頂の快感に全身を貫かれ、ドクンドクンと勢いよく熱い精汁をほとばしらせてしまった。

「ンン……」

茜が口に受けて飲み込むと同時に、彼が吸い付いている陰戸から大量の流れがほとばしってきた。飲み込んでみたが、味も匂いもないので淫水なのだろう。

するると放出する精汁が止まらなくなり、延々と快感が続くのだ。

「ク……」

千之助は驚きながら呻き、快感に夢中になって茜の陰戸からほとばしる蜜汁を飲み込み続けた。

射精したものを茜が飲み込み、それが体内をめぐって淫水となり、それを彼が飲むと、延々と循環して互いに飲み合い続けているのである。

これほど長い絶頂の快感は初めてで、千之助は命まで吸い取られる恐怖さえ覚えながら、ドクドクと熱い精汁を放ち続けた。

どれぐらい経ったか、ようやく茜が陰戸を引き離し、最後の精汁を吸い出して飲み込むと、やがて力尽きた千之助はグッタリと力を抜いた。

全て出しきると茜も喉を鳴らして口を離し、向き直って添い寝してきた。

「いかがでした」

「よ、良すぎて恐いぐらいだ……。あんなに出続けるなんて……」

「この術を四半刻（約三十分）も続ければ死にます」

「うわ……」

どうやら、これは暗殺の術のようだ。

確かに、あの快感がいつまでも続けば容易に死に到ることだろう。

「でも、すぐ止めたので私の気の籠もった淫水の巡りで元気になります」

茜が言う。程よければ薬で、過ぎれば毒になるらしい。

千之助は今も、いつものような脱力感がなく、また何度でも出来そうな気になっているのだった。

「でも、元気になってもお珠が毎晩はさせてくれないんだ」

「いつでも私と母がおりますので」

「ああ、有難い……」

「お珠さんも、祝言《しゅうげん》が済めばまた気が変わります。女は色々な波がありますし、する気にさせるのも男の役目ですので」

要するに、珠が年中したくなるように、千之助が常に気持ち良くさせろということなのだろう。

彼は茜の胸に抱かれながら呼吸を整え、甘酸っぱい果実臭の吐息を嗅いでいるうち、またしたくなってしまった。さっきの術は強烈すぎるので、今度は普通に陰戸に放出したかった。

「ね、もう一度……」

「そろそろ帰らないと、お珠さんが心配しますよ」

千之助が言うと、茜は答えながらも、もう一回させてくれそうに唇を重ね、ネットリと舌をからめはじめてくれたのだった。

五

「ね、婚儀の前に少しだけ」

美津が千之助に囁き、熱っぽい眼差しを向けてきた。

月が替わって吉日、いよいよ今日は祝言の日である。

店は閉め、朝から髪結いが来ているので、珠は部屋の中に籠もっている。着替えと化粧もあるので、まだまだ部屋から出られないだろう。

茂助は入り口で、後から後から祝いに来る客の応対に余念がない。

千之助が、美津に言われて奥座敷に入ると、彼女は亡父の紋付き袴《はかま》を出してくれていた。

そして着替えで裸になると、いきなり美津が言い寄ってきたのだ。

一人娘の婚儀の日に、入り婿に淫気を催《もよお》すのだから、相当に美津も我慢がきかなくなっているのだろう。

あるいは、まだ祝言の前だから構わないぐらいに思っているのかも知れない。

もちろん千之助も、ムクムクと激しく勃起していた。

下帯《したおび》も、新しいのに変えようと美津が甲斐甲斐《かいがい》しく脱がせ、彼の一物を見た途端に淫気を催したようだ。

彼女は膝を突き、立っている千之助の股間に顔を寄せ、両手で幹を挟んで先端を舐め回しはじめた。

「ああ……」

彼は快感に喘ぎ、美津の口の中で唾液にまみれた肉棒をヒクつかせた。

しゃぶりながらも、美津は手早く裾《すそ》をからげ、やがて腰巻まで開いて畳に仰向けになった。

「急いで」

美津が大股開きになるので、彼も屈《かが》み込み、茂みに鼻を擦りつけて蒸れた匂いを貪り、淫水の溢れる陰戸と突き立ったオサネ、尻の谷間の匂いを嗅いで蕾まで舐め回した。

「あう、そんなことはいいから入れて……」

美津は気が急《せ》くように言い、千之助も身を起こして股間を進めると、先端を陰戸に当てて一気にヌルヌルッと貫いていった。

「あう、いい……！」

美津が深々と受け入れて呻き、味わうようにキュッキュッと締め付けてきた。

彼は股間を密着させ、温もりと感触を味わいながらすぐにもズンズンと腰を突き動かしはじめた。

「アア、すぐいきそうよ。もっと強く……」

美津も下から股間を突き上げ、両手で彼を抱き寄せてきた。

千之助も脚を伸ばして身を重ね、上からのしかかって唇を重ねた。

「ンンッ……」

美津も舌をからめて呻き、膣内の収縮と潤いが増してきた。

豊かな乳房を味わえないのは残念だが、着衣のまま、こうして慌ただしく交接するのも興奮するものだ。

「アア、いく……！」

美津が唾液の糸を引いて口を離し、熱く喘ぐなりガクガクと狂おしい痙攣を開始した。

千之助も彼女の、お歯黒の歯並びの間から洩れる花粉臭の濃厚な吐息を嗅ぎ、膣内の収縮に巻き込まれながら激しく昇り詰めてしまった。

「く……！」

快感に呻きながら、ドクンドクンとありったけの熱い精汁を勢いよくほとばしらせた。

「あう、熱いわ。感じる、もっと……！」

美津が噴出を受け止め、駄目押しの快感に呻いた。

千之助も心ゆくまで快感を嚙み締め、最後の一滴まで義母の中に出し尽くしていった。満足しながら動きを弱めていくと、

「アア……」

彼女も声を洩らし、力を抜いてグッタリと身を投げ出していった。

千之助が息づく膣内でヒクヒクと過敏に幹を震わせ、悩ましい吐息を嗅ぎながら余韻を味わっていると、

「さあ、離れて……」

一瞬で自分を取り戻したように、美津が言って身を起こしてきた。

彼が股間を引き離すと、美津は懐紙で手早く陰戸と一物を拭った。

「じゃ、私は戻るので、急いで紋付き袴に」

「ええ、分かりました」

言われて、千之助は呼吸も整わないうちに答えて着替えをした。

美津も手早く裾と髪を直し、忙《せわ》しげに部屋を出ると、茂助と一緒に来客の相手をはじめた。

実に、女とは切り替えが早いものだと千之助は感心した。

やがて彼も紋付き袴を着付け、部屋を出ると仕出し屋も来て二間続きの座敷に膳を並べはじめていた。

それから少し経つと髪結いが帰ってゆき、どうやら珠の着替えと化粧も済んだようだ。

「じゃお珠の部屋へ行って。あとで呼ぶので、二人揃って座敷に出てきてね」

美津に言われ、千之助は頷いて珠のいる部屋に入った。

珠は白無垢《しろむく》に綿帽子《わたぼうし》姿で端座し、入って来た彼に頭を下げた。

「うわ、綺麗だ……」

千之助は目を見張って言い、彼女の前に座った。

珠が紅白粉をした顔を上げ、微かな笑みを浮かべた。

まさか珠も、たったいま千之助と美津が慌ただしく情交したなど夢にも思っていないだろう。

「どうか、よろしくお願いします」

珠が神妙に言い、千之助も頷いて彼女の手を握った。

さっき美津としたばかりというのに、たちまち彼は淫気を催してしまった。

今夜が正式な初夜だから、さすがに好きなようにさせてくれるだろう。

唇を迫らせていくと、

「紅が溶けるので……」

珠がモジモジと言った。

「じゃ舌を出して」

彼が言うと、珠も素直にチロリと桃色の舌を伸ばしてくれた。

千之助も触れ合わせ、ヌラヌラと蠢かすと、清らかな唾液のヌメリが伝わってきた。

珠の吐息は日頃の甘酸っぱい芳香に、ほんのり化粧の香りも混じって鼻腔が悩ましく刺激された。

「もう駄目、あとは今夜……」

「うん、今夜いっぱいしよう」

珠が言うので彼も素直に顔を引き離すと、そのとき座敷の方から呼ばれた。

「じゃ行こうか」

「はい……」

言うと珠も答え、一緒に立ち上がった。そして彼は珠の手を取り、一緒に座敷の方へ移動していった。

中に入り、用意された席に座ると、すでに揃っている来客たちが手を叩いて囃《はや》し立てた。

「お似合いの二人だなあ」

「ああ、立派な婿さんで小猫屋も安心だ」

客が口々に言い、美津が一同にお披露目《ひろめ》の挨拶《あいさつ》をした。

茂助は身を硬くして緊張しまくっているので、やはりここは女将《おかみ》の出番なのだろう。

やがて寄り合いの年寄りが高砂《たかさご》を謡《うた》い、千之助と珠は三三九度《さんさんくど》の盃《さかずき》を交わし、とうとう正式な夫婦となったのである。

珠も美津の娘だけあり、さして緊張して震える様子はなかった。

すでにご馳走《ちそう》が並び、茜と朱里の手配によるものか、何と田代藩からも酒樽《さかだる》が届けられていた。

（ああ、とうとう本当の家族が出来たんだ……）

千之助、いや千助は思い、新たな家族である珠、美津と茂助、そして祝ってくれる一同を見回した。

仕官を望んでいた亡父も、こうした成り行きを見て、恐らく喜んでくれていることだろう。

やがて堅苦しい婚儀のしきたりが終われば、あとは町家の皆とざっくばらんな酒宴が開始された。酒に弱い茂助もすすめられるまま飲み、すっかり真っ赤になっている。

千助は、隣の珠に囁きかけた。

「本当に、孕んだ様子なの？」

「ええ、もう少ししないとはっきりしないけど、多分きっと」

「そうか、大事にしないとな」

「ええ、大事に扱って下さいね」

珠が笑って言い、千助も頷いた。

「おいおい、二人で何をコソコソ喋《しゃべ》ってるんだい。さあ一杯いこうか」

客たちが言い、銚子を持ってにじり寄っては、千助の盃にどんどん酒を注いできた。

それを飲み続け、彼は今夜ちゃんと珠を抱けるのだろうかと心配になったのだった……。

コスミック・時代文庫

あかね淫《いん》法《ぽう》帖《ちょう》
独り楽しび

2024年1月25日　初版発行

【著 者】
睦《む》月《つき》影郎《かげろう》

【発行者】
佐藤広野

【発 行】
株式会社コスミック出版
〒154-0002 東京都世田谷区下馬 6-15-4
代表　TEL.03(5432)7081
営業　TEL.03(5432)7084
FAX.03(5432)7088
編集　TEL.03(5432)7086
FAX.03(5432)7090

【ホームページ】
https://www.cosmicpub.com/

【振替口座】
00110-8-611382

【印刷／製本】
中央精版印刷株式会社

乱丁・落丁本は、小社へ直接お送り下さい。郵送料小社負担にてお取り替え致します。定価はカバーに表示してあります。

ISBN978-4-7747-6529-7 C0193